Gordelícias

SIMONE GUTIERREZ, CACAU PROTASIO,
MARIANA XAVIER E FABIANA KARLA

Gordelícias

Crônicas de quatro mulheres felizes com seu próprio corpo

Academia

Organização do texto: Renata Rode
Preparação: Márcia Pereira
Revisão: Andrea Bruno e Malu Poleti
Diagramação: Vivian Oliveira
Fotografias de capa e miolo: Ana Rodrigues/Páprica Fotografia; Janderson Pires (foto pp. 8/9)
Produção de moda: Karen Brusttolin
Maquiagem: Max Vitor e Ciça Mayer
Cabelo: Gabriela Figueira
Tratamento de imagens de miolo: Trio Studio
Capa: Vítor Gentil

CIP-BRASIL. CATALOGAÇÃO NA PUBLICAÇÃO
SINDICATO NACIONAL DOS EDITORES DE LIVROS, RJ

G668
Gordelícias / Cacau Protásio ... [et. al.]. -- 1. ed. -- São Paulo : Planeta, 2017.

ISBN: 978-85-422-0921-1

1. Autoestima - Crônica brasileira. 2. Crônica brasileira. I. Protásio, Cacau.

17-39636 CDD: 869.98
CDU: 821.134.3(81)-8

2017
Todos os direitos desta edição reservados à
EDITORA PLANETA DO BRASIL LTDA.
Rua Padre João Manuel, 100 – 21º andar
Ed. Horsa II – Cerqueira César
01411-000 – São Paulo-SP
www.planetadelivros.com.br
atendimento@editoraplaneta.com.br

SUMÁRIO

INTRODUÇÃO

Num dia ensolarado de um pré-verão carioca, ao ler uma matéria em uma revista feminina, a indignação tomou conta das atrizes Mariana Xavier, Simone Gutierrez, Fabiana Karla e Cacau Protasio: segundo o texto da publicação mensal, mulheres acima do peso só deveriam ir à praia se ficassem enterradas na areia com a cabeça de fora, escondendo seus corpos rechonchudos. Como nunca foram de levar desaforos para casa, as quatro, donas de uma silhueta no estilo das graciosas moçoilas do pintor colombiano Fernando Botero, se uniram para responder à altura ao artigo difamatório da gostosura em forma de mulher.

As atrizes se enfiaram em seus trajes de banho e tomaram a Prainha, na região do Recreio dos Bandeirantes, zona oeste do Rio de Janeiro, onde posaram para um ensaio fotográfico clicado por Janderson Pires, marido de Cacau.

Felizes, sorridentes e com a autoestima nas alturas, elas mostraram que lugar de gordinha é, sim, na praia, de maiô ou biquíni, na areia, em cima da canga, no mar ou nas pedras. Como qualquer outra pessoa.

Esse "tapa de luva de pelica" na cara da preconceituosa revista (e, por que não dizer, da sociedade) foi a semente que deu origem ao movimento batizado de "Gordelícias" e a este divertido e essencial livro, no qual as quatro contam histórias e causos hilários (outros nem tanto) de como foi e é a vida delas como crianças, adolescentes e mulheres acima do peso.

CAPÍTULO 1

Bullying

O TERROR DA INFÂNCIA E DA ADOLESCÊNCIA

"INFÂNCIA DOÍDA, MARCANTE E CHEIA DE HISTÓRIAS"

POR CACAU PROTASIO

Posso dizer que quando bebezinha eu fui feliz. Era a única neném rechonchuda e pretinha da creche, meio cara de bebê Johnson. Por dois anos, fui “miss de passarela”, a última bolacha do pacote. Depois fui para uma escola que se chamava Abelhinha e eu adorava meus amiguinhos. Nunca pensei que meu conceito sobre amizade mudaria depois dos 3 anos, e que seria pra sempre.

Minha família se mudou pro bairro da Tijuca e lá eu tive que conhecer e enfrentar uma turma da pesada. Nessa época eu já era uma criança muito grandona em relação às outras. Tanto que elas logo me deram o apelido “carinhoso” de bujão. Quando eu marcava de ir ao cinema, os meninos perguntavam: “qual é a cor da capinha hoje?” (da capa do bujão de gás). Sem muito jeito para enfrentar a situação e por ser ainda muito criança, quando ainda não existem os “filtros” sociais, eu partia pra agressão. Assim, pela força, eu impunha respeito.

Nunca estive dentro dos padrões impostos pelo mundo: não era magra, branca nem nunca fui loira. Eu era gorda, de cabelo duro e negra. Todas as minhas amigas tinham namoradinho; eu não. E eu não entendia o porquê disso, mas não ligava muito. Nas apresentações de teatro da escola, eu fazia os "maiores" personagens. Na festa junina, eu era simplesmente o balão! Quando se é criança, não sabemos identificar o que acontece. É óbvio que eu sofria preconceito, mas não entendia o que era isso. Nas festinhas, ninguém queria dançar comigo. Eu sempre sobrava com a vassoura ou só tinha chance de dançar por minutos, quando alguma amiga tinha um pouco de piedade.

Minha infância foi um período muito cruel porque eu era a única negra da minha rua. Eu estudava num colégio de freiras chamado Santa Teresa e lá eu também era a única negra. Nesse período, conheci a Sonia, inspetora e única funcionária negra da escola, por isso fiquei conhecida como a "filha da Sonia". Quando eu fazia algo errado, todo mundo ia reclamar pra coitada da Soninha. Nunca confirmei ou desmenti, na escola, que ela era minha mãe. Na verdade, a Sonia acabou virando "minha mãe" postiça. Ficamos próximas e mantemos a amizade até hoje.

FILHA DA EMPREGADA

Quando fiz 12 anos, fui convidada para uma festa. Toda orgulhosa, pedi que minha mãe me arrumasse bem bonita. Chegando na festa, uma das meninas soltou uma frase que me marcou pra sempre: "Nossa, Anna Cláudia, você parece filha de empregada, minha mãe não quer mais que eu ande com você". Isso me magoou muito, eu chorei demais. Choro até hoje quando lembro. Chorei escrevendo isso, e não porque ser filha de empregada seja algo depreciativo, claro que não é! Mas pela maldade das palavras daquela garota.

Criança pode ser muito cruel. Nunca me esqueço do dia em que levei um biscoito Bono pra escola e uma menina chamada Marcele, na maldade, abriu a embalagem e comeu tudo na minha frente, sem me perguntar nada. Nesse dia eu não fiz nada. Nem sempre eu me apresentava como a valentona, às vezes me apequenava, afinal eu era e sou sensível.

PUBERDADE

Minha adolescência foi mais normal (ufa!). Curiosamente, eu me tornei popular e meus colegas preferiam fazer os trabalhos na minha casa, o que eu amava. O preconceito ainda rondava, mas havia também um pouco mais de companheirismo.

Mas nem tudo foram flores nesse período. Um dos momentos mais chatos da minha "aborrecência" foi quando meus amigos começaram a namorar e eu sobrei. Meu cabelo era duro e meu sonho era ter os fios lisinhos. Eu fazia alisamento para tentar melhorar o conjunto todo, mas não adiantava. Como eu disse, não me enquadrava no padrão.

Eu era muito palhaça, então sempre usei a minha desenvoltura a meu favor. Conclusão: todo mundo me queria por perto porque eu era engraçada. Na época, não existia a palavra "bullying".

Meu pai era ausente e minha mãe se separou dele quando eu tinha 15 anos. Costumo dizer que fui criada meio no tranco. Cresci com o amor de mãe, sem faltar nada, mas foi em meio a "tiro, porrada e bomba". Aprendi que tudo passa e que, com fé, podemos superar e mover o mundo.

Até hoje sofro bullying, mas me faço de desentendida. Outro dia mesmo, eu estava no salão em que faço a unha, e uma moça, que vendia semijoias, fingiu que não me reconheceu, mesmo depois de várias dicas que as funcionárias do salão deram sobre meus trabalhos mais recentes e populares, como a novela *Avenida Brasil* (Globo) e o seriado *Vai que cola* (Multishow). Todo mundo entendeu o que tinha acontecido. Fazer o que, né? É triste, mas ainda acontece. Só que, hoje, não me machuca mais.

Tudo o que conquistei foi na raça. Impunha respeito à minha maneira e da forma que achava correta. Quando me perguntam da época que me chamavam de "azeitona preta", nem gosto muito de falar, porque recordar esses momentos é triste, mesmo tendo acontecido há tanto tempo. Tento deixar esse passado ruim de lado. É... humorista também tem coração, também se derrete...

"UM PEIXE FORA D'ÁGUA OU MARI, A ESTRANHA!"

POR MARIANA XAVIER

Em um passado remoto chamado infância, eu era uma criança magra. Sim, e você deve estar se perguntando: "Ué, por que então ela se sentia um peixe fora d'água?". Calma que ainda tem muita coisa pra contar! Não é porque, das quatro autoras, eu era a magra que eu nunca sofri bullying. O que eu não tinha de gordura no corpo, me sobrava nas bochechas! Mas, antes de falar do meu trauma anatômico infantil, vamos voltar ao Jardim de Infância, porque foi lá que tudo começou, inclusive o amor.

Aos 5 anos, ao contrário de hoje em dia, eu me interessava por "homens" bem mais velhos e já morria de amores por um. Ele era lindo! Moreno, alto, bonito e sensual (embora nessa época eu nem sonhasse com o significado de SENSUAL), com os olhos mais verdes que os meus já tinham enxergado. Ah, o primeiro e inocente amor! O nome dele era Luís Eduardo e ele era irmão mais velho da minha melhor amiga da escola. Bem mais velho. Ele tinha 7 anos e estava naquela fase em que todo garoto tem "nojo" de meninas! Pra piorar, minha rival, que também gostava dele, era gordinha e... Pode me condenar agora: eu fazia bullying com ela! Poxa, eu era criança e essa era uma das maneiras de tentar atingir a minha oponente, que se chamava Érika, era filha de professora e se achava melhor do que eu. Até lembro que uma vez chegamos a brigar com direito a tapa, arranhão e puxão de cabelo, com todo mundo em volta apavorado, afinal, a garota era o dobro de mim. Como em meados dos anos 1980 UFC ainda não era moda, muito menos nos pátios das escolas, é claro que nos separaram rapidamente e acabou que o menino não ficou com nenhuma das duas.

O que acabou mesmo foi o meu aniversário de 6 anos, e por causa do Luís Eduardo. No meio da festa eu mostrei, discretamente, pra minha vizinha quem era o menino pelo qual eu era apaixonada. Ela, naturalmente surpresa e curiosa, soltou um: "Ahhh, é esse o Luís Eduardo que você gosta?". Pausa dramática. Sabe aquele momento em que a sua respiração para e o chão sob os seus pés desaparece? Pois é. A Bia, minha vizinha, pronunciou a fatídica frase que entregava meu amor num volume supernormal, mas minha mente de Cinderela apaixonada com vocação pra protagonista de dramalhão mexicano ouviu aquela revelação no volume mil, volume megafone, carro de som, explosão cósmica!

SOCORRO! O Luís Eduardo descobriu que eu gosto dele!, pensei, desesperada.

No salão da festinha tocava Trem da Alegria, Balão Mágico, Xuxa... No meu coração partido certamente tocava "Meu mundo caiu" versão Maysa. Ali, minha festa acabou: passei o resto do aniversário chorando. Todo mundo feliz cantando "Parabéns", e eu aos prantos. Minha mãe e meu pai tentavam me acalmar e me fazer apagar a velinha sem entender o motivo de tanta histeria. Tragicomédia total, uma atuação digna de Oscar! Hoje, sei que desde criança já tinha talento para a dramatização. E olha que ali eu nem tinha conhecimento do bullying que eu sofreria mais tarde, perto dos 10 anos, com meu poderoso par de bochechas.

Voltando a elas, podemos dizer que eu era um misto de Fofão, aquele personagem que algumas crianças amavam e outras temiam nos anos 1980, com Rosana, da música "Como uma deusa" (na verdade, o nome oficial da música é "O amor e o poder", tá?). Eu era tão fã que, além dos discos, tinha o corte de cabelo igual ao dela, e por isso eu era chamada de "Rosana Meio Corpo", porque, apesar de parecer com a cantora top nas paradas de sucesso, eu era baixinha. A semelhança era tanta que me paravam na rua pra perguntar se eu era filha dela.

Os apelidos foram uma constante na minha vida: iam de buldogue a bochecha inflável. Já na adolescência, eu consegui ser perseguida por outro problema: ser certinha demais. O povo me achava egoísta porque eu era, modéstia à parte, a hiperinteligente, a superaluna, mas a que não compartilhava os conhecimentos. Às vezes, eu até tinha vontade de ajudar os colegas, mas morria de medo de passar cola pros outros e ser pega. Nunca tive o menor talento pra ilegalidade. CERTEZA de que, se eu decidisse infringir as regras, seria descoberta na primeira tentativa. Meus gestos me entregariam, meus olhos me entregariam, minha boca me entregaria. Não sei mentir. Nunca soube.

Quanta coisa muda na adolescência, né? Eu mudei muito! Mudei de cidade, inclusive. Morava no Rio de Janeiro, estava feliz da vida estudando numa escola superdisputada, enturmada no teatro, começando a me destacar – tinha até sido convidada para fazer minha primeira protagonista –, quando meus pais vieram com a notícia bomba: iríamos nos mudar pra Vitória, no Espírito Santo. E lá veio outro motivo de bullying: a "estrangeira" carioca.

Os capixabas me perturbaram muito por causa do sotaque. Meu professor de judô vivia dando risada. "Bota esse rádio aí no estéreo porque no mono tá chiando muito", ele costumava dizer. No meio de tanta confusão, quem diria que a "aborrecente" certinha seria a "escolhida" de um outro professor bonitão? Minha primeira polêmica na vida! E foi assim que, aos 15 anos, tive meu primeiro namorado: Cézar, o todo-poderoso professor galã de informática do colégio.

Ele foi o primeiro cara que eu beijei na boca e, depois que eu realmente consegui acreditar que tinha fisgado aquele peixão, o namoro ganhou tintas de conto de fadas moderninho: o príncipe e a CDF. Só que, sem querer, despertei a ira das meninas do colégio. Eu era magra, mas não era uma unanimidade no quesito beleza e elas chegavam a dizer na minha cara que o Cézar só podia ser cego para estar comigo.

Na época, Vitória era uma capital com uma *vibe* meio interiorana e eu sofria até pra passear no shopping, que, vinte anos atrás, era praticamente a única opção de lazer da cidade. Era entrarmos de mãos dadas na praça de alimentação lotada, aos fins de semana, pra perceber as recalcadas se acotovelando e comentando: "Olha lá o professor de informática bonitão com a namoradinha sem graça do primeiro ano". Mania que o povo tem de dizer que fulano é bonito demais pra "ciclano"! Beleza é algo tão volátil e tão subjetivo... Era desagradável ouvir esses cochichos venenosos, mas, ao mesmo tempo, me dava um gostinho de vitória. "Podem falar à vontade, mas quem beija essa boca e abraça esse corpinho sou eu! Rá!"

No namoro com o professor e em muitas outras situações vida afora foi assim: eu percebia que as pessoas queriam me botar pra baixo porque viam que eu estava feliz. No fundo, eu sentia que algumas (ou muitas) queriam era estar no meu lugar. Não importa quão bom você procure ser, sempre haverá alguém dizendo que você não é bom o suficiente. Infelizmente o ser humano tem isto: um sentimento horrível chamado inveja. Eu senti na pele que a implicância alheia com o sucesso dos outros independe de você ser gordo, magro, alto, baixo, ou qualquer outra coisa, ela nasce da frustração por não ter conseguido conquistar o que você conquistou. E de maneira alguma você deve se contaminar com isso.

"SOFRI, MAS EU ERA A PESSOA QUE MAIS ME COBRAVA"

POR SIMONE GUTIERREZ

Era uma vez, uma gordinha bailarina. Ouço isso desde que comecei a dançar, aos 3 anos.

O "fofinha" sempre soou mais alto no meu ouvido do que a palavra "bailarina". Infelizmente, esse adjetivo às vezes abocanhava meu talento. "Olha lá a gordinha boa, que dança na frente" era uma frase recorrente nas minhas apresentações. E o que ficava gravado em minha cabeça não era o elogio, mas sim o "gordaaaaaa". Assim mesmo, bem retumbante. Ninguém pensava que eu era posicionada na frente das outras bailarinas por ser talentosa.

Desde cedo eu aprendi que na vida a gente não tem o direito de crescer para os lados. É como diz Chico Buarque na música "Ciranda da bailarina": "Confessando bem / todo mundo faz pecado / logo assim que a missa termina / Todo mundo tem um primeiro namorado / só a bailarina que não tem". Traduzindo para o meu mundo: pelo menos a bailarina gordinha não tem... Aliás, essa foi uma das minhas grandes frustrações no balé: a falta de um par por conta do meu peso. Eu sonhava com a cena do bailarino me levantando, lá no alto, mas sabia que isso só iria acontecer nos meus sonhos mesmo, nunca em um palco. Afinal, quem poderia ser tão forte para sustentar meu físico avantajado lá em cima e me fazer rodopiar no ar? Ah, como eu imaginava essa cena...

Já não bastava a cobrança que eu fazia diariamente a mim mesma? Afinal, eu tinha que enfrentar o desafio de ficar na ponta dos pés e ser graciosa, embalada em um body cor-de-rosa e com aquele peso!

O tempo foi passando e eu fui amadurecendo. Apesar de parecer um bombom Sonho de Valsa, eu tinha autoestima e amava o balé. Pra mim, cada aula era como uma conquista, como aquela prova dos Alcoólicos Anônimos, sabe, em que você vence um dia após o outro, um passo de cada vez, e se sente o máximo. E um dia de cada vez pode parecer uma eternidade para uma criança rechonchuda!

Eu e minha irmã brincávamos com aquele verso "gorda baleia, saco de areia". Ela, dois anos mais nova, também era gordinha e a gente se xingava só quando brigava por causa de uma boneca ou pra ver quem tinha vencido no pega-pega. Mas tirando essas coisinhas bobas e até normais de criança éramos companheiras, porque éramos parecidas. As duas rechonchudinhas.

Curioso que nossa circunferência não poderia ser creditada ao fato de comermos doces sem parar. Na verdade, nós nos fartávamos mesmo era de arroz com feijão – hummm!

Comecei a engordar de verdade depois que menstruei, aos 14 anos. Meu corpo virou uma sanfona e passei pelas dietas mais malucas possíveis e imagináveis – mas isso você vai ler em outro capítulo deste livro. Calma!

Com o efeito sanfona, veio a ansiedade e, com ela, o gosto por um pecado de cinco letras: MASSA. Eu amava pão e macarrão. Não vou negar que, como qualquer "aborrecente", também me derretia por chocolate. Se você nunca se rendeu a essa delícia, feche este livro agora! (Ah, não, volta, ainda tem muita coisa legal pra ler...)

Apesar de todo o preconceito que existe com as pessoas com as curvas mais, digamos, exageradas, preciso confessar que, depois de um tempo, passei a sofrer mais com o "autobullying". Eu não via ou não percebia as pessoas me julgando. Era eu mesma quem mais me questionava. Talvez eu não identificasse as ofensas dos outros porque acabei criando uma espécie de defesa, meio que um "escudo de Jedi" que rechaçava as ofensas. Mas, por dentro, esse escudo não agia e eu me cobrava o tempo todo.

Já adulta, fui protagonista de *Hairspray*, um musical da Broadway montado aqui no Brasil. Como a personagem era bem gorducha, eu tive que aumentar meu peso em 25 kg. E isso só pra fazer o teste – ainda bem que consegui o papel! Quando essa oportunidade apareceu, eu já atuava em musicais havia dez anos, mas se eu não tivesse aceitado o desafio e não tivesse engordado, talvez, hoje, não teria a visibilidade profissional que tenho. Nesse espetáculo, eu dançava e cantava praticamente 90% do tempo. Fiquei conhecida por ser a gordinha que conseguia fazer o famoso e complexo espacate, aquele movimento em que a bailarina abre as pernas formando um ângulo de 180 graus. Depois de cada apresentação, sempre ouvia os comentários do público que vinha me cumprimentar: "Meu Deus, tô passada, como você consegue ser gorda e elástica?!". Eu respondia com um sorriso estampado no rosto e repetia pra mim mesma: "Calma, isso é um elogio". Sim, porque a pessoa, lá no fundinho da alma, no fundo mesmo, estava me elogiando.

Eu acho que sofri mais com o bullying emocional e não tanto com o verbal, porque na maioria das vezes em que fui provocada tinha sempre a resposta na ponta da língua. Porém, teve uma época na minha vida em que eu guardava o que queria falar, e isso me corroeu por dentro. Deixar de expressar os sentimentos pode pesar muito mais que a gordura. É dessa coragem de colocar pra fora, de expurgar o que se sente, que vem a nossa felicidade. Vai parecer uma besteira de garota, mas quando a Xuxa propunha no ar aquela brincadeira de gritar, espernear, com o intuito de extravasar, era libertador! E é isso que se deve fazer de vez em quando – mas cuidado com o local onde você vai sair gritando e esperneando, hein? Depois, além de gorda, você pode ser taxada de louca!

Este livro também nasceu desse movimento de libertação, de não nos deixarmos calar diante de qualquer tipo de preconceito. Não devemos dar ouvidos ao que as pessoas falam sobre a aparência. Gordinha ou magrinha não importa. O importante é se respeitar e cuidar da saúde. A felicidade não tem estereótipos nem segue padrões. Para ser feliz basta existir e correr atrás dos sonhos. Sempre batalhei e fui muito determinada a vencer pelo meu talento. Com bullying ou sem bullying, é preciso arriscar. A receita? Cada um tem a sua. A minha, trarei em doses homeopáticas, ou melhor, nas páginas a seguir.

"QUE PROBLEMAS COM SOBREPESO, QUE NADA. O QUE ME MATAVA ERA MEU CABELO"

POR FABIANA KARLA

Desde a pré-história, toda mulher sabe da importância dos cabelos. Até nos contos de fadas, que o diga a Rapunzel! Sinto decepcionar, mas eu não vivi uma infância repleta de bullying por conta do meu peso, não. Costumo brincar dizendo que não atendi essa ligação. Com a minha família, aprendi que eu era linda do meu jeito, com todas as minhas curvas, com a minha essência. Na escola, mesmo com uns quilinhos a mais, eu jogava vôlei, basquete e era campeã de redação. Eu era popular. Mas uma coisa do meu visual me fez sofrer muito: meu cabelo. Encaracolado, ele crescia como favela, para os lados e desordenadamente.

Meu sonho era ter os fios lisinhos, que balançavam com o vento, como os das minhas amigas. Minhas irmãs podiam molhar os cabelos sem problemas e só eu vivia o pesadelo de acordar parecendo um *globetrotter*. Meus fios tinham muita personalidade. Aliás, eles achavam que era sempre Carnaval: só se organizavam em blocos. Hoje, eu conto isso rindo, mas, na época, eu chorava... De raiva.

Duas vezes por semana, eu passava por um tormento: minha mãe, na ânsia de querer cuidar e ajudar, me levava a uma cabeleireira do bairro. No dia agendado, acordávamos às sete horas da manhã. Eu sentava naquela cadeira e saía exausta só ao meio-dia, morrendo de fome e frustrada, com um cabelo escovado depois de muito esforço, mas que não me deixava nada feliz. Eu saía de lá como se estivesse usando o capacete do mentor do desenho *He-Man*. Aquilo me deixava furiosa, porque eu achava que fazer escova era coisa de gente velha. Bonito pra mim era o cabelo liso natural.

Depois que fazia a bendita escova, começava minha fase "robô": eu não podia deitar pra dormir e muito menos chorar deitada, uma lágrima caprichosa podia escapar e escorrer para os lados e, aí, já viu! Aquela obra-prima capilar precisava ficar intocável por dias!

Minhas irmãs, as gêmeas, tiravam sarro do meu visual pré-fabricado. "Roberto Carlos, cadê a perna?" Ou: "cabeça de caixa d'água", e morriam de rir. Hoje eu também dou risada, mas na infância confesso que cheguei a rogar pragas. Uma vez rezei para que o cabelo delas ficasse mais grosso. De repente, o galo cantou na hora ou passou um anjo e levou o recado para Deus, porque a espessura do cabelo delas mudou mesmo. Praga de irmã pega, viu?!

Uma das maiores militantes da campanha "por um cabelo melhor para Fabiana" foi minha tia Laura (que Deus a tenha). Ela me usava como cobaia capilar e investia certa quantia de dinheiro nisso. Era tanta dedicação, que eu poderia ter batizado a empreitada de "Meu Cabelo, Minha Vida", já que passava o tempo todo lavando, penteando, passando cremes e secador nos fios. Eu queria ter só o rabo do "pequeno pônei" – na verdade, tinha ódio daquele poneizinho, porque ele tinha, na bunda, o cabelo que eu nunca teria na cabeça!

EXPERIMENTOS

Certa vez, uma das experiências da minha tia me deixou com um cabelo que mais parecia um algodão-doce. Toda feliz, ela pediu que eu tomasse banho e eu tive a infeliz ideia de achar que meus fios poderiam ter mudado, que eu poderia molhá-los e que ficariam lisos e lindos. Mera ilusão. Minha mãe nunca chegou a ver aquele cabelo. A água levou meu penteado e a minha dignidade ralo abaixo... Na sala, sob o olhar de pânico da minha tia, que parecia ter perdido um anel de brilhantes no ralo, eu me sentia mais merda ainda não por não estar mais penteada, mas por ter frustrado o lado "Lauro's Coiffeur" da irmã da minha mãe.

Pois é, a busca pela beleza – no caso aqui nada a ver com um corpo magérrimo – pode ser cruel para uma menina que sonha em ser a Xuxa, mas que nunca chegou perto nem de emplacar uma Mara Maravilha. Nunca me esqueço do dia em que cruzei com minha vizinha, que era negra, chegando à minha casa com uma cabeleira escorrida. *Quero isso pra minha vida*, logo pensei! Aquele cabelo lindo e liso era meu objeto de desejo! Luciana exibia seus fios domados e me deu a dica: "Fiz o banho de óleo". Eu quis logo saber onde e marcar um horário. É claro que minha mãe não me deixou fazer o tal procedimento, já que o salão indicado era meio boca quente e eu precisaria cruzar a linha do trem para chegar até lá. Mas com 14 anos, rebelde que só, eu não obedeci. Fui escondida da minha mãe com a tal vizinha ao salão.

Foi terror total. Depois de passar pela linha do trem, chegamos ao tal salão, onde uma mulher atendia as clientes com um cigarro na boca e cumprimentava a gente parecendo uma mãe de santo dando passe, cruzando peito e ombro apressada. Ao entrar, me deparei com a cena: as outras detentas, ops, cabeleireiras, faziam procedimentos diversos. Sim, porque aquele lugar era um misto de cadeia com terreiro. E, por mim, se precisasse fazer macumba pro meu cabelo ficar liso, eu faria. O importante era ALISAR! Na parede estava a ferramenta do crime: o tal pente quente usado nos salões afros, que mais parecia um instrumento de tortura. Senti minhas orelhas fritarem por obra da mistura que a cabeleireira aplicou no meu couro cabeludo. Só lembro que no pote tinha um creme roxo e que até meu pensamento ardia junto com ele. As lágrimas escorriam, mas eu continuava lá, firme como gelatina.

Depois de duas horas de ansiedade e muitos copos de água, a cabeleireira me trouxe o espelho. O veredito: eu abri um sorriso. Meu cabelo estava liso!!! A cor era vermelho queimado, mas nada mais importava. O que realmente interessava era: meu cabelo estava escorrido.

Corri pra casa toda feliz para mostrar a novidade. Quando passei na minha rua, os meninos gritaram: "peruca, peruca". Nem liguei! O vento batia diferente nos meus cabelos e no meu rosto e parecia que eu andava em *slow motion*, fazendo com que os fios mexessem como se eu estivesse em um comercial de xampu.

Acho que pela primeira vez na vida me senti maior do que sou: inflei meu ego de tanta felicidade, porque ela não cabia dentro de mim. Você lembra que eu disse que meu sonho era ter o cabelo liso e molhá-lo esperando que nunca mais ele virasse uns brócolis? Pois bem... Entrei esbaforida em casa, arranquei minhas roupas, corri pra debaixo do chuveiro e saquei o pente.

Depois disso só me lembro de pedir socorro e chamar minha mãe... *The game is over!* O relógio bateu meia-noite e o sonho da Cinderela tinha ido pelo ralo. O pente emperrou na cabeça e não saía por nada nesse mundo. Cena dramática: meu couro cabeludo cheio de feridas e eu, com o pente preso na cabeça, nua, parecendo um unicórnio, chorando. Mamãe me vestiu e me levou à sua cabeleireira de confiança, que deu a sentença que marcaria pra sempre minha adolescência... O que tive que fazer? Raspar a cabeça! Só assim o pente saiu... Nem preciso mencionar a zoação que sofri por estar praticamente careca! De costas dava pra enxergar minhas bochechas!

Foi a lição que aprendi tentando ser algo que não fazia parte da minha essência.

CAPÍTULO 2

No palco SÓ DE COMÉDIA VIVE A GORDA?

"DA VIDA REAL PARA A TV"

POR SIMONE GUTIERREZ

Sempre fiz muitos testes pra vários musicais, eventos e propagandas. Nessas inúmeras audições, muitas vezes escutei as desculpas mais esquisitas pra disfarçarem o preconceito com relação ao meu corpo. Mesmo sendo a mais capacitada pro papel, algumas vezes eu tive que ouvir: "Nossa, você é ótima, mas precisamos de uma pessoa mais branquinha". Detalhe: eu sou quase transparente por não tomar sol. Outra desculpa era: "Ah, que pena, nós precisamos de uma pessoa 2 cm mais alta"! Como se não existissem sapatos de salto alto no mundo. Essas são as que eu me lembro, porque a raiva é tamanha que me fez esquecer a maioria das desculpas esfarrapadas que ouvi ao longo da minha carreira de mais de 17 anos.

Quando se está fora dos padrões, às vezes, fica difícil entender o que as pessoas estão querendo dizer a você. Uma vez estava numa roda de amigos conversando, quando um conhecido chegou contando sobre suas viagens a Nova York. Ele tinha ido assistir a alguns musicais e de repente se referiu a mim: "Nossa, lembrei tanto de você quando fui assistir a uma peça na Broadway!". Eu, sorrindo, perguntei por que. Ele respondeu: "Porque na peça tinha uma atriz que era baixa e gorda, mas cantava e dançava pra caramba. Se essa montagem vier pro Brasil você tem que fazer porque é a sua cara!". Fiquei um pouco sem ação na hora, e o máximo que saiu da minha boca foi um "que legal" meio chocho. Anos depois, o que aquela pessoa tinha dito acabou acontecendo! Foi quando eu protagonizei *Hairspray*, o tal espetáculo que ele tinha assistido e lembrado de mim. Procurei-o outro dia pra ele me dar os números da Mega-Sena, mas perdi seu contato... Uma pena.

No campo profissional, a gordura me ajudou a ficar famosa. Eu passei a ser conhecida como a gordinha que fazia de tudo, a fofinha que abriu espacate três vezes pro Jô Soares durante a entrevista – santa flexibilidade! Claro que enfrentei dificuldades no começo, quando ainda fazia balé. Com o passar dos anos, o preconceito passou a ficar mais camuflado ou então as desculpas passaram a ser tão sorrateiras que eu não conseguia mais perceber se eu não tinha sido escolhida para um projeto por estar gorda. As pessoas não falam na nossa cara, não têm coragem. Ou será por educação? Porque minha mãe sempre me ensinou que falar pelas costas é feio...

Antes de prosseguir, vou pedir licença pra voltar um pouco no tempo e detalhar melhor como foi o processo de entrada no musical que mudou a minha vida, o *Hairspray* – escrito por Marc Shaiman, Scott Wittman, Marc O'Donnell e Thomas Meehan, baseado no filme homônimo de John Waters, de 1988. Em dez anos fazendo teatro musical, nunca tinha sido convidada para um papel de destaque. Eu sempre ficava no coro ou fazia a substituição de uma atriz. Quando tive a oportunidade de, por causa do meu físico, embarcar num grande papel, embora tivesse que engordar 25 kg, arrisquei. E consegui! O engraçado foi lidar com os questionamentos das pessoas que queriam saber de onde eu tinha surgido, mas eu já trabalhava em musicais havia ANOS! Como assim de onde eu havia surgido? E eis que, por "mágica", a personagem rechonchuda me levou pra televisão.

Apesar desse sucesso e da realização profissional, nem tudo são flores. Hoje, mesmo com uma carreira consolidada e com trabalhos consagrados em meu currículo, o preconceito ainda ronda. E um dos lugares onde ele está mais presente é na mídia. Já dei muita entrevista e na maioria das vezes, por ser atriz e isso estar relacionado à imagem, sempre me fazem muitas perguntas sobre como é estar engordando e emagrecendo, ou seja, a pauta nem sempre está focada no meu trabalho, na minha performance, mas sim no afamado efeito sanfona. Mas, como disse, costumo ter as respostas na ponta da língua e digo que, por conta da minha profissão, empresto meu corpo aos meus personagens pra que eles tenham mais credibilidade. Um dia, me fizeram uma pergunta à qual eu tive que responder na lata, quase sem pensar: "Simone, qual a diferença entre estar gorda ou magra?". Foi a primeira vez em que respondi sucintamente: "O peso". Nem a pergunta nem a resposta apareceram na matéria.

As pessoas também precisam quebrar esse tabu de que ser gorda tem a ver com ser engraçada. Tem gente que acha que se você emagreceu não vai poder mais fazer comédia na vida. Não se deixa de ser engraçada porque perdeu alguns quilos.

O mais incrível que eu acredito que, nós quatro – eu, Cacau, Fabi e Mari –, conseguimos conquistar sendo atrizes atuantes foi a mudança que proporcionamos na visão de que as gordinhas não podem ser bem-sucedidas no trabalho. Apesar de ainda faltar muito caminho para percorrer. Ou você já viu uma protagonista gorda em alguma novela? Ou alguma fofinha fazendo comercial de produto de beleza? A única marca que ousou falar de MULHER REAL, assim mesmo, com todas as letras maiúsculas, foi a Dove.

Infelizmente, no Brasil, os preconceitos ainda são muito velados. A pessoa deve ser valorizada pelo que ela é e não pelo que ela aparenta. Depois que eu emagreci, recentemente – calma que sobre isso você também vai ler com mais detalhe lá na frente. Olha a ansiedade! –, uma jornalista me questionou se eu consegui mais papéis com o meu visual mais light. A resposta foi não.

Além de lutarmos contra estereótipos, aqui também temos que lutar contra panelinhas e modismos. Se antigamente se era escalado para um musical por sua competência, hoje se é chamado por estar na mídia. Tudo gira em torno de dinheiro e patrocínio. Recentemente, perdi um papel na televisão porque eu não tinha milhões de seguidores no Instagram – sim, é sério! Quer dizer, não importa mais se você SÓ é boa atriz ou estudou pra isso. Os valores estão muito invertidos e essa condição desgasta e revolta. Não participo de panelinhas e acho que é por isso que eu não trabalho tanto. Ao mesmo tempo que não se pode ser diva, não se deve ser humilde demais. As pessoas acham que vida de atriz é puro glamour, mas vou te jogar a real: é mais ralação do que se imagina.

"QUANDO VOCÊ AMA O QUE FAZ E SE DEDICA, TUDO DÁ CERTO"

POR CACAU PROTASIO

Prepare-se para um dos capítulos mais chocantes deste livro. Eu sou assim, falo na LATA e as revelações serão surpreendentes. Bom, agora que fiz suspense, vou começar exatamente do começo. kkkkkk

Quando eu era pequena, assistia à televisão deitada no sofá e imitava as atrizes, fingindo ser uma das personagens da novela. Acho que toda criança faz isso. Eu me via dentro da televisão, brincando de interpretar. Mas naquele tempo o que eu ia ser quando crescer nem contava... Se você pergunta hoje pra uma criança de 4 anos o que ela quer ser quando for adulta ela vai responder "Monster High".

A vontade de entrar "dentro da TV" permeou minha infância, mas passou na adolescência, quando resolvi ser professora e entrei na faculdade de Pedagogia. Não durou muito tempo esse sonho. Quando eu me vi na sala de aula, com um professor chato e cheia de colegas com filhos, que só falavam sobre seus problemas domésticos, desisti. Um dia, larguei a aula no meio e saí andando, me perguntando o que estava fazendo ali. No dia seguinte, me matriculei em um curso de teatro que apareceu na minha frente do nada. Não me pergunte como nem por que eu fui parar lá.

Comigo as coisas sempre aconteceram assim, sob impulso. Inclusive foi assim também na área profissional. Se eu contar que nunca fiz teste pra nada você vai me achar arrogante? Desculpa, mas é a verdade. A primeira novela que fiz foi o remake de *Ti Ti Ti*, em 2010, fruto de um *videobook* que fiz na Globo. Depois fui chamada pra fazer a secretária da Fernanda Lima, no *Amor & Sexo*. Aí veio o divisor de águas: meu papel em *Avenida Brasil*, contracenando com Adriana Esteves, a vilã da história.

Agora vale uma pausa pra tentar explicar o quão maravilhoso foi trabalhar ao lado dessa atriz. Nos divertíamos muito nas cenas, uma pedia dica pra outra e a sinergia era incrível. Devo muito à Adriana por ter me respeitado como atriz. Nunca me esqueço de uma cena em que ela tinha que subir um muro usando as minhas costas pra se apoiar. Ela, toda empolgada, olhou pra mim e disse: "Vamos fazer!". Eu topei na hora. Depois de gravar a cena, rimos horrores.

Apesar da experiência maravilhosa de trabalhar com uma das atrizes mais talentosas e queridas do Brasil, também vivi momentos de pânico. Tenho pavor de gravar com bicho e em um dos capítulos tive que pegar uma galinha. Pra quem não sente o pavor que eu sinto, pode parecer piada, mas não é e não foi! Quando vi a ave no set me descontrolei. A bichinha me encarava como se soubesse do meu medo. A Adriana, percebendo meu estado, me perguntou o que estava acontecendo, porque eu estava BRANCA (!). Imagine a cena, eu pálida! Revelei que morria de medo de galinha, ela me entendeu e disse que me ajudaria a pegar a coitada e que eu deveria usar o medo a meu favor. Eu nem respondi... Comecei a chorar de pavor. Chorei bastante, mas então respirei e fiz a cena. E não segui o conselho da Adri de usar o meu desespero a meu favor. Se eu tivesse feito isso, meu pavor teria sido maior que a minha interpretação. Consegui pegar a pobre e levei até a Adriana pra ela terminar a cena, matando o animal. Quer dizer, matando de mentirinha, porque a produção já tinha providenciado uma galinha morta, que a Adri espremia e fazia jorrar groselha em cima de mim, simulando sangue. Foi um dos piores dias da minha vida. Eu tenho sempre que lembrar, ao assinar contratos, de colocar uma cláusula sobre não gravar com bichos. E não é porque desgosto deles. É medo puro. A Esteves foi uma fofa, esperou meu tempo e me ajudou em cena e fora dela.

Preconceito eu já sofri, claro. E quando você ainda não é muito conhecida as pessoas te maltratam. Aliás, corrigindo: elas nem dão oportunidade de te conhecer. Eu não passei por isso em *Avenida Brasil*, porque, quando cheguei ali, na emissora, já tinha conquistado reconhecimento. Mas, antes desse momento, conheci atores que me tratavam feito uma porta, nem olhavam nos meus olhos. Imagine estar contracenando com um colega e ouvir dele que você deve ser retirada da cena porque ELE acha que você não é necessária ali... Tenso e complexo.

Eu realmente tive sorte na vida. Meu papel no programa *Vai que cola* foi um presente do Leandro Soares, o autor da atração. Certa vez, ele me disse que era apaixonado pelo meu trabalho e que escreveria um personagem especialmente pra mim. Assim nasceu a Terezinha, mulher de bicheiro, que faz muito sucesso. Fazer a personagem que realmente se encaixou muito bem em mim, é supergratificante. Minha relação com o elenco do programa é maravilhosa. Até rola estresse de vez em quando, porque depois de quatro anos juntos é normal um às vezes não querer olhar na cara do outro. Mas os desentendimentos são resolvidos na hora. E tudo passa porque o elenco é muito afinado e se gosta de verdade. No começo, pintou um receio e muita cobrança porque eu iria trabalhar com o Paulo Gustavo. Fiquei muito ansiosa, mas quando tudo começou tive uma grata surpresa, pois ele é uma pessoa maravilhosa, um doce mesmo. Tudo se resolve quando se tem fé, como disse.

Pra encerrar este capítulo sobre carreira quero contar sobre minha participação no elenco de *Gostosas, lindas & sexies*, um filme sobre quatro gordinhas bem-sucedidas e de bem com a vida – bem parecido com este livro. No filme, minha personagem é riquíssima, dona de vinte salões de beleza, prestes a abrir o vigésimo primeiro em Nova York. Ela é mãe de gêmeos, um branco e outro de olhos puxados. Kkkkkkk – aposto que ficou curiosa... Então confira! Tenho certeza de que esse longa vai amplificar o meu talento, porque as pessoas me veem como uma pessoa muito do povão, mais parecida com a Terezinha. Mas nesse trabalho eu encarno uma mulher que gosta de moda, que é sofisticada. E saiba você que até mesmo o diretor, Ernani Nunes, tinha essa impressão de mim e duvidou que eu pudesse dar vida à personagem. No final das contas, ele se surpreendeu com a minha performance, graças a Deus. Hoje, ele brinca dizendo que me ama e que não se arrepende, porque fui uma grande revelação. Agora imagine eu ter que fazer uma cena parecendo estar bêbada sem nunca ter colocado um pingo de álcool na boca? O que eu fiz? Chamei duas assistentes e perguntei qual era a sensação de estar alcoolizada. Elas me explicaram e consegui acertar de primeira.

Quando você ama o que faz e se dedica, tudo dá certo. Com glamour ou não, na fama ou no anonimato. Essa é a pura verdade. O resto é balela.

"COM VOCÊS, A GORDINHA 'DONA' DOS TEXTOS LEVES"

POR FABIANA KARLA

Tudo começou aos 14 anos, lá no Recife, uma cidade que respira arte e coragem, ritmos e sabores. Lá, não tem muito jeito: ou você vira famoso ou artista da vida real. Eu desafio qualquer um a conversar um minuto com um pernambucano sem dar uma gargalhada até o fim do papo. O nativo de lá tem uma necessidade orgânica de fazer graça, e comigo, pernambucana, nunca foi diferente.

Comecei a exercitar esse meu lado na escola ao apresentar meus trabalhos de maneiras diferentes. Se fosse uma lição de Geografia, eu fazia um texto para ser um país inteiro, e, dias depois, lá estava a Fabiana, na frente da turma atuando. Se fosse trabalho de Matemática, eu seria o símbolo do infinito ou o número 8, pra ficar mais prático. Tudo pra mim estava valendo e não tinha tempo ruim. Português e Redação, então, eram minhas matérias prediletas. Nesse campo eu me esbaldava, nadava de braçada, como diz o povo. Sem falar em História, porque estudar coisas do passado comigo era uma verdadeira viagem. Aí, eu aprontava mesmo, ia de escrava a rainha em minutos.

Fora da sala de aula, foi no palco do teatro que me encontrei. Participei de uma montagem do grupo jovem no qual fazia uma cristã comida por leões. *Há dois mil anos*, do espírito Emmanuel/Chico Xavier, foi a minha primeira peça, a primeira vez que me entreguei de corpo e alma. No palco, eu era o que eu quisesse ser: mocinha, bandida, princesa ou bruxa. Lá eu podia matar ou morrer.

Se eu tinha o dom para ser atriz? Não sei... Parafraseando o saudoso Ariano Suassuna pela boca de Chicó, "só sei que foi assim"... Na verdade, eu acho que eu não escolhi ser atriz, foi a arte que me abduziu.

Eu queria ser advogada, assistente social, juíza, médica, tudo o que tivesse um senso de justiça apurado ou que pudesse melhorar ou ajudar a vida do outro. Eu gostava de fazer algo pelo próximo porque em toda a minha vida a minha matéria-prima sempre foi o povo.

Por que não me realizei nessas outras profissões? Porque percebi que não tinha imparcialidade. Se eu fosse advogada seria catastrófico, sofreria com os julgamentos. Médica, nem pensar, já que eu não aguento ver sangue ou lidar com cortes. Uma vez, fui atendente no consultório de uma amiga, a Carmem, que era dentista e atriz e quis me dar uma força. Eu cuidava da agenda, organizava os materiais, preparava a sala (morrendo de nojo do sugador e de toda aquela baba). Uma vez, durante uma extração do dente de um paciente, eu desmaiei. Sempre me diziam tanto que eu era dramática, que eu me identifiquei mesmo com essa coisa de emocionar. Na verdade, as pessoas confundiam sensibilidade com drama e isso me doía. Parecia que eu era acusada de ser falsa com meus sentimentos, que eram puramente verdadeiros e só a ARTE respeitava isso.

Desde pequena, eu gostava de fazer as pessoas rirem. Eu já amava interpretar, sem saber. Meu avô dizia: "essa menina vai ser artista". Eu gostava de fazer careta, de imitar o povo que morava na minha rua, fazia caras e bocas quase que o tempo todo. Mas, lá no fundo, eu era tímida. Me soltava de verdade pra minha plateia VIP: o povo lá de casa. Adorava assistir a Dercy Gonçalves na TV, ver o Genival Lacerda dançando com aquele barrigão, tinha crise de riso imitando essas figuras da época. Eu não sabia que tinha mais pra ofertar. Eu só sabia que gostava do som da gargalhada e de provocar isso nas pessoas. Quando eu não conseguia essa reação, era o fim pra mim. Acho que até hoje sou assim. Gosto de todos ao meu redor com um semblante feliz, pois acredito que ninguém merece ser infeliz.

Sempre há jeito pra tudo, mas é preciso se mexer! Ficar perto de mim com cara de bunda não dá! Eu fico mal-humorada, vai me dando uma coisa ruim e procuro resolver logo, pra deixar a pessoa bem. Só que nem sempre isso dá certo. Tem gente que tem cara de bunda eternamente, até porque tem, procura ou gosta de viver com um problema e muitas rugas na testa... Tô fora!

Tá tudo muito divertido, mas este capítulo é pra eu falar de carreira e da relação com o meu corpo, se o fato de ser gordinha influenciou algo em meu sucesso ou não. Eu já escrevi e repito: não atendi a ligação do preconceito em minha vida. Tanto que, em 1991, ganhei meu primeiro prêmio de Melhor Atriz no teatro com a Lucicreide, personagem que anos depois levei pra TV. Como comecei na Globo? Persistindo! E, claro, com a ajuda do meu anjo da guarda, que, aliás, é um sujeito bem parrudo de quase 2 m, que foi criado comendo ostra. Não posso me esquecer do empurrãozinho do Espírito Santo, que é uma parceria tão antiga, que de vez em quando fica meio depenado, o coitado. Posso dizer que o pulo que eu dei na frente de um diretor da emissora foi um empurrão que o anjinho e o santo me deram, com certeza! Tava sozinha ali, não!! Fui levar um amigo para um teste e acabei sendo testada pelo destino. Maurício Sherman, diretor do *Zorra total* naquela época, foi abordado por mim na porta do Projac. Pedi a ele uma oportunidade, já que era uma nordestina com a mala cheia de sonhos. Nunca me esqueço do texto que usei: "Me dê 5 minutos do seu tempo pra eu lhe mostrar o que eu sei fazer?". Eu estava oferecendo o meu trabalho, de corpo e alma lavada e sem nenhuma vergonha. Com certeza, conhecendo ele hoje, sei que não entendeu uma palavra do que falei. Com rapidez, sotaque e nervosismo, tudo ao mesmo tempo, não há *closed caption* capaz de traduzir (rs). Estou brincando, mas a verdade é que sou eternamente grata a ele. Sim, Sherman me deu a oportunidade de fazer o teste e eu passei.

Depois de várias participações em programas de humor, faço questão de contar que já estive ao lado de grandes nomes, como Rogério Cardoso, Nair Belo, Francisco Milani, Jorge Doria, Anquito, Cavalhinho, Tutuca. Eu trabalhei com o Chico Anysio! #chupamundo! Uhu!! Então, achei que estava na hora de voltar pro meu Recife, pois a criançada ainda era muito pequena e eu não poderia ficar me aventurando sem ter um contrato bonitinho. Bastava já ter conhecido aquela "caixa mágica" que é a TV.

Mas foi colocar o pé de volta no Recife que o destino resolveu mais uma vez dar o ar da graça e eis que surge o teste para a novela *Mulheres apaixonadas* (2003), de Manoel Carlos. Resultado: voltei pro Rio. O diretor Ricardo Waddington apostou em mim e me deu meu primeiro contrato, que depois continuaria valendo para o *Zorra total*. Meu primeiro contrato na Globo foi para a novela das oito! Foi coisa pouca, não!! Deus quando me dá, só dá de muito!! Pois é! Tem que correr atrás! Magra, gorda, baixa ou alta, tem que lutar!

Lembro que, quando adolescente, assistia a filmes estrangeiros e o mocinho era mais charmoso que bonito e a mocinha era mais inteligente que bela. Lá fora parece que a escala de personagens é diferente. Por aqui, essa filosofia parece estar contaminando as produções, e isso é valioso! Vemos tentativas de quebrar o óbvio, como a do seriado que coloca um casal de negros bem-sucedidos como protagonistas e isso é um avanço! Estamos engatinhando, mas esse é o caminho! Enxergo um movimento acanhado, mas ele existe! Isso nos dá esperança! Acho que faltam autores de mais coragem para quebrar tabus. Walcyr Carrasco é um dos autores mais corajosos da atualidade. Quando minha personagem Perséfone, de *Amor à vida* (2013/Globo), de autoria de Carrasco, se casou de noiva, toda de branco, mesmo estando gordinha, a loja que cedeu o vestido bombou – quem disse que pra se casar é preciso emagrecer? Quem falou isso, gente? De onde as pessoas tiraram essa ideia? A Mari Xavier, sempre fala uma frase que acho bárbara e que vou roubar pra este capítulo: "Não sou eu que tenho que ser gostosa pro verão, é o verão que tem que ser gostoso pra mim".

Falta coragem aos autores pra pensarem nas meninas e mulheres gordinhas como consumidoras, como protagonistas da vida real e da vida de sonhos, da ficção. Deveriam considerar as mulheres acima do peso como pessoas normais, e não vítimas. Porque já é difícil ter nascido mulher num país machista, já é um obstáculo grande a vencer. Eu amo ser mulher, mas é complexo, mesmo hoje. E, além de mulher, cheguei por aqui nordestina e... gordinha. Daí danou-se. Já virei cota da cota (rs). E ainda tem a negra, a pobre, a baixa, enfim. Tem tanta coisa além da balança, que acho que falta criatividade e coragem MESMO!

Mas eu não me incomodo com isso. É preciso renovar os elencos e isso não acontece só com gordinhas. De Manoel Carlos, eu sei que nunca teve uma Helena gorda, negra já sei que teve, mas gorda tenho certeza que não. A minha personagem na peça *Gorda*, do nova-iorquino Neil Labute, se chamava Helena. Vamos profetizar, quem sabe acontece?

Amaria fazer uma mulher amargurada, uma personagem bem distante de mim ou uma vilã, mas não engraçada, bem do mal mesmo. Não quero a vilã que sempre cai na graça do povo. Essa não me interessa. Eu queria fazer uma vilã como a Violante de Drica Moraes, em *Xica da Silva* (Manchete/1996), que era odiada. Amo! Gosto do desafio!

"ENGRAÇADINHA NADA, PELO DIREITO DE NÃO SER LEGAL"

POR MARIANA XAVIER

Vou pedir licença para filosofar um pouco, porque não é tarefa fácil falar de carreira artística quando se está acima do peso dito ideal e dos padrões que a sociedade exige. Na vida dramatúrgica ainda vale quase sempre a taxação (ou maldição) de que todo gordo tem que ser engraçado. Esse é, infelizmente, mais um pensamento derivado da famosa (e tantas vezes tenebrosa) "lei da compensação". Parece que, pra desculpar o fato de a pessoa não ter aquele corpo sarado, ela precisa ser A ENGRAÇADINHA. Antes fosse a de Nelson Rodrigues!

Engraçadinha até que eu era mesmo, apesar de magra! Olha que surpreendente! Aos 9 anos já era a menina prodígio das aulas de teatro e sonhava em trabalhar na televisão. Minha avó morava num prédio ao lado de um estúdio onde se produziam novelas da Globo (muito antes de existir o Projac!) e eu vivia ali na porta esperando os artistas e colecionando autógrafos enquanto me imaginava "divando" na telinha. Minha família me encorajava muito! #sqn! "Ih, esquece isso! Trabalhar na TV é sonho de criança." "Não vai conseguir nunca, você não é filha de ninguém." "Ah, tãããão inteligente, ótima aluna e quer ser atriz? Que desperdício!

Podendo ser médica, engenheira, advogada..." "Deus me livre minha neta fazendo teste do sofá!" É... não foi fácil negociar com a oposição. O mundo ao meu redor tentava me fazer desistir, mas eu aprendi com a Rainha Xuxa que "tudo que eu quiser o cara lá de cima vai me dar", e segui meu coração. Pedi cantando: "Faz de mim estrela que eu já sei brilhar!". E Ele fez! Consegui um papel no teatro, virei figurante da novela *Top Model* (1990/Globo) – olha eu entregando a idade! – e daí pro estrelato foi um pulo!

Não, pera! Ah, gente, licença poética pra história ficar mais interessante, né? Não deixa de ser um pulo. Um salto em distância digno de *Guinness Book*: 23 anos de muita batalha.

Fiz muita peça em teatrinho micro, entreguei muita filipeta em corredor de shopping, usei muito figurino cheirando a mofo, tive muito emprego paralelo, carreguei muito cenário, viajei muito de van, fiz muito teste e levei muito "não" na cara até começar a ter meu trabalho reconhecido e conseguir pagar minhas contas com os frutos dele.

Muita gente acha que eu brotei do nada em *Minha mãe é uma peça - o filme* e não faz ideia de quanta história eu tenho pra contar de antes de Marcelina. A fama é uma coisa, o ofício é outra! De vez em quando eu recebo uma mensagem de alguém dizendo que quer muuuuito ser ator, me pedindo conselho. Dou sempre o mesmo: faça teatro. Salvo uma ou outra exceção, é no teatro que se descobre se, mais que talento, a pessoa tem vocação. É no teatro que você descobre se quer ser ator mesmo ou se quer ser famoso, porque são coisas que até podem andar juntas, mas são completamente diferentes! Há atores maravilhosos que nunca serão famosos, e há famosos que nunca, mas NUNCA mesmo, serão atores. (Pausa dramática para limpar a gota de veneno que escorreu no meu teclado.)

A verdade é que o sucesso artístico não tem receita pra acontecer: não é só talento, não é só beleza, não é só dedicação, não é só investimento financeiro, não é só sorte. Eu costumo dizer que é uma conjuntura cósmica, um misterioso alinhamento astrológico que faz a coisa explodir!

Eu nunca tive grana pra fazer cursos renomados, nunca tive uma beleza incontestável, nem um padrinho diretor ou dono de emissora que me abrisse as "portas da esperança", mas algo dentro de mim continuava dizendo que o meu "big bang" um dia chegaria.

Desvios e interrupções não faltaram! A mudança pra Vitória, a escassez de opções de curso que eu pudesse pagar, a faculdade de Publicidade, que, pressionada pela sociedade e pela família, acabei cursando, os empregos que eu precisei ter pra pagar as contas, enquanto o teatro só me dava prazer, mas nenhuma grana... E talvez o pior deles: O AUTOBOICOTE. Acho que de tanto duvidarem da possibilidade de realização do meu sonho eu passei a duvidar também. É impressionante como o medo paralisa a gente. Desde criança eu queria trabalhar na TV, mas adiava essa conquista num festival de autossabotagem.

Com 25 kg a menos do que tenho hoje eu achava que estava gorda pra fazer televisão. Depois achava que o problema eram os meus dentes. Depois, que não estava preparada o suficiente e que um teste malfeito poderia fechar meu caixão profissional para todo o sempre. Vocês podem até me conhecer pela comédia, mas o que corre aqui nessas veias é drama, meus amores! Sabem o que me salvou? TERAPIA. E um livrinho chamado *Tudo ou nada*, do Roberto Shinyashiki, que me encorajou a botar o grama de urânio enriquecido que faltava pra minha bomba atômica explodir.

Entrei numa companhia de teatro, arranquei oito dentes e botei aparelho de novo (sim, eu parecia um dobermann raivoso). Larguei meu emprego de carteira assinada pra me dedicar à arte em tempo integral e, quando tudo parecia ir muito bem, engordei 20 kg! Se eu já me achava gorda pra telinha antes, imaginem a cabeça da pessoa naquele momento! Mas, no melhor estilo discípula de "Joseph Climber", eu digo: "a vida é mesmo uma caixinha de surpresas"! O que eu achava que poderia ser minha ruína foi justamente o que me abriu os caminhos. Eu era magra, mas não supermagra! E era absolutamente comum (não sou loira, não tenho olhos claros, nem 1,80 m). Com 20 kg a mais eu deixei de ser mais uma na multidão e entrei para um restrito nicho – o das "atrizes gordinhas bonitas" –, e aos poucos as oportunidades foram surgindo. Passei a ser "peixe grande em lagoa pequena", como dizem no mundo publicitário. Claro que a minha autoestima deu uma balançada com a mudança de shape, mas ver a minha carreira finalmente andando na direção que eu queria era animador e aliviava qualquer mal-estar. Sabem aquela história de "se a vida te der um limão faça uma limonada"? Eu fiz uma caipivodca das boas! Se todo mundo queria ser magra, loira e protagonista, eu assumiria as formas fora do padrão e buscaria outro tipo de papel: isso é inteligência estratégica!

Mas não vou mentir: tem hora em que enche o saco ficar aprisionada na comédia. O Jô Soares diz uma coisa que eu amo: "Se gordura fosse engraçado, a gente passava no açougue, comprava 2 kg de toucinho e morria de rir!".

Já evoluímos, é bem verdade! Num passado não muito distante, as gordas na dramaturgia eram sempre as rejeitadas, as ridicularizadas. A gente já caminhou um bocado pra exorcizar essa "fofinha" preguiçosa que não servia pra quase nada além de ser motivo de chacota, de risada e de pena da galera. Eu mesma senti na pele essa evolução de pensamento: a Claudete de *I love Paraisópolis* (2015/Globo) era seguríssima de si e cheia de libido! Um progresso! Mas eu quero é mais!

Mais de 50% da população brasileira tem sobrepeso. Vocês acham mesmo que é todo mundo fofinho, bonzinho e engraçadinho? Então por que diabos na ficção tem que ser sempre assim? Protesto! Eu quero ter o direito de não ser legal! Quero roubar o namorado da irmã, maltratar a secretária e falsificar o testamento da tia rica. Quero botar droga na bebida da mocinha insossa, dar um golpe pra virar acionista majoritária da empresa e largar meus avós num asilo imundo. Quero sequestrar o bebê da empregada, trair meu marido com o motorista e fugir pra Europa com o dinheiro da corrupção. Eu quero ser Odete Roitman!

CAPÍTULO 3

Sexo

A HORA DA VERDADE ENTRE QUATRO PAREDES

"SEXO BOM TEM A VER COM AUTOESTIMA. ENTÃO, AME-SE!"

POR CACAU PROTASIO

Tenho uma revelação bombástica pra fazer: quando você é gordinha, precisa se superar em todos os sentidos. Mas existe um quesito no qual você precisa ser super-heroína: no sexo.

Quando você encontra um homem que gosta de carne, de ter onde pegar, como dizem por aí, o cenário é mais tranquilo porque eles já têm uma ideia do que poderão encontrar na cama. Mas, quando o envolvimento rola com um pretendente que não costuma sair com mulher gordinha, daí o trabalho de convencimento será grande.

Por conta do tal padrão de beleza – traduzindo: magra, peituda e com uma bunda considerável –, é preciso compensar. Digo isso pela minha experiência em campo. Levo essa questão sexual com muito charme e borogodó, porque, no fim, o que vale é o meu interior. Como todo mundo. Mas, infelizmente, vivemos um momento no qual o exterior anda tendo muita importância... No colégio em que cursei o Ensino Médio, o Cândido Melo Leitão, eu e minhas amigas, naquela fase da puberdade, com os hormônios em ebulição, éramos "da pá virada". Conversávamos muito sobre sexo, trocando experiências que já começávamos a vivenciar na cama. Confesso que também aprendi muita coisa na internet e nos filmes, mas a troca de informação com as colegas foi importante para conhecer duas novidades (pra mim, na época, pelo menos) que me ajudaram muito nesse aprendizado: sex shop e dança do ventre. Tem uma música gravada pela Preta Gil que exemplifica bem o que quero dizer: "Quem me beija não consegue me esquecer"... E é assim mesmo, pode perguntar pro meu maridão.

Claro que essa desinibição toda demorou a acontecer e só agora me sinto segura para falar sobre sexo (e em público!). Quando transei pela primeira vez, eu era muito tímida e fechada. Lembro que queria fazer de luz apagada e o garoto que estava comigo me tranquilizou dizendo que estávamos ali porque nos gostávamos, então eu deveria relaxar e curtir o momento. Foi o que fiz. Nada de breu. Não vou mentir: a primeira vez não foi tão legal porque dói – como acontece com a maioria das garotas –, nada dessa coisa maravilhosa, que só acontece nos filmes românticos. Só vai ficar bom mesmo depois da terceira ou quarta vez, quando já pegamos os macetes, não é mesmo? Aí, quando toma gosto pela coisa, vira essa bagunça deliciosa.

ANTES DE AMAR ALGUÉM, AME-SE!

Sexo tem muito a ver com autoestima. Mas antes eu não sabia disso. Eu fazia a linha "patricinha", de escova no cabelo, não me assumia como mulher poderosa e black. De um tempo pra cá passei a me aceitar, a amar meu cabelo como ele é, a ficar mais ousada e me descobri. Depois que viajei para Nova York pela primeira vez, comecei a usar peruca, porque vi que muitas das mulheres negras lá faziam isso. Conheci um cabeleireiro maravilhoso em São Paulo e aprendi com ele a me assumir e a ser sexy. E o legal das perucas é que num dia posso estar toda lisa, no outro, crespa, no seguinte, loira. Sou várias mulheres em uma, assumo personagens diversos, vou brincando com isso e meu marido ama. Ao divulgar isso tenho ajudado muitas pessoas; toda vez que leio nas redes sociais que tirei alguém da depressão porque teve coragem de comprar uma peruca e se travestir de uma personagem mais sensual, me emociono.

SEXO E O RISO

Agora vamos pra palhaçada? Ou você acha que euzinha nunca paguei mico na dança do ventre ou no sex shop? Uma vez eu estava começando a fazer as aulas de dança do ventre e me empolguei. Chamei meu namorado pra ir ao motel, levei minha roupa toda emperiquitada e até meu *discman* (hoje acho que isso nem existe mais!) pra garantir a trilha sonora. Eu estava me achando "A" dançarina do Faustão. Fui pro quarto toda cheia de parafernália. Eis que, quando começou a música, eu consegui dançar de tudo, menos a dança do ventre... Nós começamos a gargalhar juntos. Eu fiquei constrangida por um minuto, mas depois entrei na brincadeira. Tanto que no outro encontro que marcamos encarnei a dançarina de funk com direito a shortinho e tudo e aí virou baderna geral. Que delícia!

SOBRE PESO

Pra quem está se perguntando sobre o peso influenciar num bom sexo, eu, por experiência própria, posso dizer que não influencia na hora H, não. Quer dizer, preciso me corrigir: na verdade, o peso influencia na cama na hora da posição. Mas isso, com o clima esquentando, você vai sacando qual a melhor pra você ficar com seu parceiro. Como eu disse, sexo é um momento de relax.

Na cama se pode tudo, só precisa querer e ter disponibilidade (e flexibilidade, claro). Fechou a porta, entre quatro paredes tudo pode. Eu e meu maridão somos bem criativos. Adoramos criar fantasias, usar brinquedinhos do sex shop... Enfim, garotas, sexo é um momento para brincar muito, porque senão o namoro ou o casamento entra numa rotina que poderá matá-lo! E daí lascou. Sempre renovamos nosso estoque de acessórios no sex shop e, até quando não gostamos de algo que compramos na loja, nos divertimos, damos risada juntos. Tem sempre que levar pro lado bom e divertido.

No seriado *Vai que cola* eu faço a Tereza, uma personagem extremamente sexy e ousada, e, quando dava entrevista sobre a atração, eu dizia que não tinha nada a ver com ela. Hoje não concordaria com isso. Tenho um lado dela que carrego comigo: o de mulher segura que se impõe. Estou até pensando em levá-la pra cama! Explico: tem uma peruca da personagem que meu marido ama, acho até que ele tem uma tara por essa peruca. A Tereza tem uma autoestima inabalável e uma ousadia surreal. Ela se veste com roupas decotadas e coladas no corpo, se acha linda e gostosa, e nada e nem ninguém a faz acreditar no contrário. É um exemplo maravilhoso.

Agora vou aproveitar e encarnar a Tereza para dar um recadinho pra a indústria da moda: atenção, empresários, falta lingerie do meu tamanho no Brasil! Lembro-me de que, na primeira vez que fui a Nova York, me esbaldei porque tinha tudo pro meu tamanho, em lojas especializadas ou mesmo nas grandes lojas de departamentos. Parece o paraíso das rechonchudas porque tudo que eu comprei lá encaixa superbem no corpo. Nos Estados Unidos, a numeração de lingerie vai até o tamanho 56, enquanto que aqui só vai até o 46. Costumo dizer que lá você acha calcinha e sutiã lindos como acha água na bica. Isso que é respeito ao consumidor. Aí você vai me perguntar: mas gordinha pode usar isso? Gordinha pode usar transparência, baby-doll e shortinho? Sim, desde que se sinta bem, pode-se usar de tudo. Daí é só gozar de tanta felicidade e prazer por estar de bem consigo mesma e com o outro (ou outra, sem preconceito).

"DESCOBRI O SEXO NA TERCEIRA SÉRIE!"

POR FABIANA KARLA

Pode parecer incrível a forma como eu descobri a sexualidade, mas foi na terceira série e durante um trabalho sobre religião. Tudo começou com um simples trabalho escolar. Eu tinha que representar, em uma cartolina gigante, o amor e o pecado. Recortei a cena de uma mãe amamentando e colei de um lado da folha, representando o amor, e, do outro lado, eu coloquei um casal pelado, se atrelando, o pecado. O trabalho chocou a escola toda e fui levada pra coordenação. Lembro que os meninos gargalhavam da minha cara. "Tu é maluca, pra tu nascer sua mãe fez isso", eles diziam pra mim e eu, indignada, respondia que "minha mãe não era safada".

A situação atormentou demais minha cabeça e a partir desse momento eu virei a vigilante do sexo em casa. Ficava escondida embaixo da cama, pra tentar pegar algum flagra dos meus pais! Sim, eu, a criança curiosa! Uma vez eu quase peguei os dois, mas minha posição estratégica foi delatada porque tive uma crise de riso ao ver a bunda do meu pai refletida no espelho do quarto. Fui tirada de baixo da cama e lá se foi meu plano por água abaixo.

Quando a minha mãe foi chamada na escola por conta do trabalho de religião e me explicou mais ou menos da forma dela o que seria o ato, de carinho, para colocar a sementinha dentro da barriga, a verdade do sexo veio à tona pra mim e o chão se abriu diante da pobre criança indefesa. Sim, foi assim a minha descoberta. Fazer o quê? Depois disso, eu esqueci um pouco essa história e me concentrei em minha infância, na escola e em minha rotina.

O episódio não acelerou minha inserção no mundo das práticas sexuais, se você está se perguntando. E também quero deixar registrado que o corpo e suas curvas (pronunciadas ou não) não têm nada a ver com assanhamento, com despojamento. O que determina o comportamento pro sexo é a personalidade da pessoa. Conheço muita menina gordinha bem assanhada, assim como muita rechonchudinha mais introspectiva. Então isso é mito. Pode ser que algumas meninas, por falta de autoestima, possam sair distribuindo sexo por aí achando que o tempo é curto ou que nunca terão uma chance de estar com aquele garoto de novo, mas isso serve pra mulher que se acha feia, pra garota que se acha magra demais, enfim, pra qualquer tipo de menina cuja autoestima está prejudicada, está pra baixo. Tudo tem seu tempo e hora certos, e sempre é mais gostoso se for com alguém de quem você vai se lembrar com carinho, e não com arrependimento.

O meu momento aconteceu aos 17 anos e acho que demorei se comparar com minhas amigas, que eram bem adiantadinhas. Pra mim, foi bacana porque eu tinha noção do que estava fazendo. E estava apaixonadinha e me sentindo confortável. Nunca me arrependi.

Como toda mulher, guardo meus segredos. E como mãe de duas meninas e de um menino (que certamente vão ler este capítulo), vou deixar o resto só nas minhas memórias... Afinal, sexo pra mim é igual a voto: secreto (rs)!

"A QUÍMICA É CEGA, NÃO ENXERGA O PESO!"

POR SIMONE GUTIERREZ

Ah, preciso dizer que começo revoltada este capítulo, porque acabo de ouvir uma besteira daquelas... Quando tivemos a ideia do livro, nos reunimos várias vezes para discutirmos os assuntos que fariam parte do projeto. Claro que "sexo" era um desses temas. Entre algumas das máximas que apareceram na discussão surgiu a de que, pra superar o corpo nem um pouco perfeito, as mulheres mais cheinhas deveriam fazer de tudo na cama. De onde tiraram essa bobagem, minha gente? Essa é a maior besteira que já ouvi na face da Terra. A Cacau até discorda de mim, mas o que ela pensa sobre isso está na parte dela.

Eu não acho que ser boa de cama tem a ver com quanto você pesa. Sinceramente, já ouvi relatos de amigos que se frustraram com magrelas que eram frias e que não tinham criatividade nenhuma na hora H. Ou seja, as donas do shape perfeito deixaram a desejar (e muito).

A verdade é que as pessoas confundem ser "boa de cama" com estar seguro com a aparência. Você é muito mais feliz sexualmente quando não encana com o que o outro vai achar do seu corpo. Em vez de pensar nisso, você se entrega ao momento e só pensa em dar e receber prazer. Afinal, não é pra isso que o sexo existe?

Graças a Deus eu sempre fui uma gordinha muito bem resolvida. Eu costumo brincar que até quando eu era mais gordinha eu namorava muito mais que agora, que emagreci um pouco. O lance é estar realmente a fim de ter um relacionamento com alguém, de se dedicar de corpo e alma, porque o envolvimento existe em todas as áreas, seja na convivência, no sexo, na hora do controle remoto, enfim, em tudo.

Se esta fosse a versão de audiolivro de *Gordelícias*, agora tocaria a musiquinha do plantão do *Jornal Nacional* pro que eu vou contar: a química é cega, não enxerga peso! Se rolar química contigo e seu parceiro, o quarto vai tremer, independentemente da quantidade de quilos envolvidos na operação.

Eu sempre gostei da coisa, então, agora que deixei claro que você não deve ficar se importando com o quesito corpo, vamos pular pro "rala e rola" em si. Uma das vantagens de ser bailarina é que se ganha algo além da graça: elasticidade. Posso dizer que já fui chamada de mulher elástica e já até assustei alguns parceiros com manobras um tanto quanto ousadas. E me diverti pra caramba com isso.

Certa vez, eu exagerei um pouquinho: fiz uma posição de alongamento bem difícil e acabei arrancando gargalhadas do meu namorado na hora H. Ele achou absurdo aquele esforço todo e caímos na risada juntos. Depois retomamos tudo, seguimos com o clima e isso que é legal no sexo: ter cumplicidade pra continuar quando algo sai dos trilhos. Aliás, o bom humor é sempre bem-vindo na cama e fora dela, inclusive pra levar as coisas com mais leveza na vida. Sempre.

Apesar dessa avalanche de otimismo, preciso confessar que nem tudo são rosas. Por exemplo, não posso negar que encontrar lingerie bacana pra gordinhas é uma missão impossível por aqui. Algumas vezes em minha vida me senti como a protagonista de *O diário de Bridget Jones*, usando aquelas calcinhas enormes e beges. Meu consolo é que meu "Hugh Grant" tinha tara por isso.

É certo que não é só a gordinha que deve ter autoestima, qualquer pessoa precisa se gostar. É isso que define se o sexo vai ser legal ou não. A preocupação na hora da troca de carinhos deve ser só a troca em si. Se esse for o pensamento logo na entrada de campo, é certo que você fará vários gols!

Perdi minha virgindade bem tarde, aos 23 anos. Fui a última das minhas amigas e foi bem tranquilo. Acho uma bobagem essa historinha que contam por aí de que a menina que é gordinha perde a virgindade mais rapidamente porque não é a mais popular da escola e por isso é a mais fácil de levar pra cama. De onde veio essa alegação? Se a gente for racional é até o contrário: por ser a menos desejada, ela pode ficar por último na fila das possibilidades. Minha iniciação sexual foi tardia, mas não por isso. Perdi tarde porque quis assim: aconteceu com o homem de quem gostava na hora em que decidi perder e não me arrependo. É o tipo da decisão que a mulher que é segura toma de maneira sensata e só por ela, não pelo que os outros acham ou vão pensar. E é o que você deve fazer se está lendo isto agora e não escolheu pra quem nem quando vai "entregar a sua borboletinha", como dizem nossas bisavós.

Eu nunca tive problema em relação à minha sexualidade. Sempre lidei bem com meus relacionamentos. Se pra maioria das pessoas o sexo ser bom ou não está ligado ao físico, pra mim essa nunca foi uma verdade. Posso dizer que quebrei regras sempre. Se eu estava a fim, colocava uma lingerie sexy e carregava na atitude. E olha que eu colocava lingerie de magra, mesmo estando gorda – não quis dizer que coloquei uma calcinha 36 em um bumbum 46, não é isso. É que nunca economizei na hora de escolher o look. Ia da tanga à cinta-liga sem pudores. Na hora do vamos ver eu não fico preocupada com o que a pessoa vai achar, e sim com o que ela vai sentir. Quando a mulher está empolgada, ela toma aquele banho demorado, escolhe uma roupa especial, usa um perfume pra sair da rotina e, com isso, já vai preparando a mente pro que está por vir: curtir as sensações.

O sexo está muito mais ligado à química e ao olhar do que à balança ou ao jeans número 38. Se ficarmos preocupadas com a imagem, travamos e não rola nada mesmo. #ficaadica

"SEXO TEM POUCO A VER COM CORPO E MUITO COM CABEÇA"

POR MARIANA XAVIER

Pensar que temos a obrigação de compensar em performance o fato de não termos um corpo de capa de revista é alimentar o preconceito do qual já somos alvo. Sejamos objetivas: um cara que escolhe transar com uma gorda (seja "inha" ou "ona") já sabe o que vai encontrar: celulite, pneuzinho, estria... Mas uma maciez, meu bem... um conforto no "cola teu corpo no meu" que nem te conto! Já o contrário, quem garante? Tenho uma coleção de relatos de amigos homens que se decepcionaram com magras na hora H, fosse pela falta de criatividade, fosse por um shape nem tão perfeito assim. Estão vendo? Não é competição de biótipo, não tem fórmula mágica. Gordas ou magras, não se iludam. Sexo tem pouco a ver com corpo, e muito com cabeça: é ela quem comanda o show!

Pra mim a satisfação sexual não tem a ver com o peso, mas sim com a personalidade, a maturidade e, principalmente, com o autoconhecimento. Tem a ver com você ir transpondo suas próprias barreiras, ir se permitindo, experimentando e descobrindo as coisas. E cada uma tem um ritmo muito particular pra isso. Eu, por exemplo, sempre fui muito inibida com meu corpo, inclusive quando era magra. Apesar da criação liberal que meus pais me deram, sempre fui meio pudica. Não gostava de trocar de roupa na frente de ninguém, fui a última das minhas amigas a beijar na boca, levei uma vida até deixar um gatinho botar a mão no meu peito. Perder a virgindade, então, nem se fala! Mas em compensação minha primeira transa foi MARAVILHOSA! À luz de velas, na serra, com um namorado que eu amava, e enquanto ele entrava em mim me beijando ardente e carinhosamente, gozamos juntos, plenos, e... Eu caí da cama! Sonhando (rs).

Eu confesso: minha primeira vez real foi bem diferente. Bem menos glamourosa. Traumática, eu diria. Mas calma que não foi pelo ato em si! Foi até bom... ou pelo menos bom o suficiente pra alguém sem experiência e, portanto, sem parâmetro. Eu não achava que namorar era pré-requisito pra transar, meus pré-requisitos eram desejar e confiar. Então escolhi viver aquela experiência com um carinha com quem eu estava ficando e por quem eu nutri um amor platônico durante uns dois anos. Imaginem a sensação de vitória!

Além de um sorriso de derreter coração, ele era faixa preta de judô, e eu tinha um fetiche danado por isso! Ele sabia que eu era virgem, já tínhamos conversado sobre a importância que aquilo tinha pra mim, e, escalando a intimidade degrau por degrau, depois de três meses, um dia rolou. Você deve estar pensando: "Ué, então cadê o trauma?". O trauma veio depois. O príncipe do tatame fez o David Copperfield: SUMIU! Sofria da famosa "síndrome do cachorro magro": comeu e foi-se embora.

Hoje dá pra fazer piada, mas, caramba, como isso me machucou! Se os homens soubessem o dano que causam à autoestima de uma mulher transando com ela uma única vez e desaparecendo sem dar satisfação... Ainda mais na primeira vez!

"Será que meu corpo é feio?" "Será que eu trepo mal?" "Será que eu cheiro mal?" Foram só algumas das milhares de inseguranças que inundaram a cabeça da garota de 18 anos, com uns 54 Kg e manequim 38/40 que eu era. E essa dor, essa sensação de fracasso, esse medo de confiar e me entregar de novo a alguém custaram muito a passar.

Eu costumo brincar que tenho o hábito de perder a virgindade e achar de volta, porque é recorrente ficar looongos períodos sem transar com ninguém. Sexo pra mim tem muito a ver com confiança (não só pelo coração partido da história da primeira vez, mas também pelo cuidado, inevitável na era da internet, pra não ter minhas intimidades expostas por aí) e com AUTOCONFIANÇA. A minha, pós-trauma, foi sendo recuperada pouco a pouco num processo individual de conhecimento do próprio corpo e de investigação do prazer – e a que damos o pesado e temido nome de "masturbação". Adoraria dizer que conheci o prazer do gozo naquela fictícia e perfeita primeira vez narrada no parágrafo anterior, mas não sei mentir: meu primeiro orgasmo foi com o bidê lá de casa (rs). E foi a partir do prazer solitário que o prazer a dois começou a melhorar. Mulheres do meu Brasil, vamos estraçalhar esse tabu? Tá certo que bidê e chuveirinho não são alternativas muito legais nesse momento de ecologia e sustentabilidade, mas tem vibrador, tem dedo... Se o mercado amoroso e sexual tá difícil, minha filosofia antiestresse é: ficar sem homem, ok, ficar sem gozar JAMAIS!

Continuo bem seletiva (e bem econômica) pra parceiros, mas não me considero mais uma pessoa tímida na hora do sexo. Claro que tenho minhas "noias", minhas inseguranças vez ou outra, pelo corpo, pelo excesso de expectativa na minha desenvoltura ou por qualquer outro motivo, mas quando a gente sente que o cara tem tesão de verdade na gente, que nem calçola bege nem falta de depilação o desanimariam de nos dar um belo trato, a inibição vai embora!

A Mariana sem vergonha é assim: se o parceiro me faz sentir à vontade e com vontade, fico quase sem limite pra voar.

Sexo bom é sexo junto, com parceria, sem exibicionismo, com menos EU e mais NÓS. Sexo bom é sexo com entrega, com troca, com diálogo e com oral. É sentir prazer vendo o prazer do outro. Sexo bom é sexo com liberdade e intimidade. Quando é bonito assim, gostoso assim, você pode até ter uma crise de riso no meio do jogo, que o time continua em campo, faz goleada e ainda puxa a ola da torcida! Experiência própria.

CAPÍTULO 4

Vida saudável

GORDURA NEM SEMPRE É SINÔNIMO DE DOENÇA

"IMPÉRIO DA BELEZA: APRECIE COM MODERAÇÃO!"

POR MARIANA XAVIER

Vamos trabalhar agora com dados da realidade, porque contra fatos não há argumentos. Como disse anteriormente, eu nunca fui a bonita incontestável, nunca passei nem perto do tipo "capa da *Capricho*", mas, até meus 16 anos, fui uma adolescente, digamos, "normalzinha". Naquele tempo, a lactose e o glúten ainda não eram considerados drogas letais, meu metabolismo era animado como um Ursinho Gummy, e, sem precisar me preocupar com alimentação ou exercícios, eu pesava 50 kg e vestia manequim 38: o sonho de quase qualquer menina de classe média. Como não importando o que eu fizesse o ponteiro da balança continuava estático, praticamente em coma, minha alimentação era aquela belezura: pulava os legumes e verduras, que a mim nunca apeteceram muito, e caía dentro das proteínas e carboidratos. Eu era feliz e não sabia!

Até que um dia eu entrei no judô. E o judô, como toda boa luta que se preze, tem aquela história de categoria por peso. Foi aí que minha vida alimentar e minha relação com a balança começaram a mudar. Judoca novata e com 50 kg, eu experimentei a sensação de estar no limbo: era leve e meio fraquinha pra lutar na categoria até 52 kg, mas, pra ser a mais forte e pesada da categoria anterior, tinha que baixar para os 48 kg. Acreditando que poderia me dar bem na disputa, eu resolvi tentar! A primeira dieta a gente nunca esquece! Tive que fazer amizade com frutas, legumes e verduras e dar um tempo no meu carnaval comestível de todas as épocas: o CARBOIDRATOFEST.

Foi duro mudar essa relação com a comida, mas eu consegui! Aliando dieta a treinos cheguei aos 47,5 kg que me colocavam dentro da categoria ligeiro. Mas eu fiquei tããããão esquisita! Minhas costelas ficaram saltadas, as pernas finas e, obviamente, eu fiquei superfraca e acabei dando o maior vexame na competição. Na minha estreia (de faixa branca) peguei logo pela frente uma faixa marrom! Aliás, foi ela quem me pegou. Me pegou e me sacudiu tanto naquele tatame que fez meu quimono de pano de chão! Eu não vi estrelinha, não, eu vi galáxias inteiras!

A vida ensina, a gente é que às vezes não aprende! Eu devia ter aprendido ali que não valia a pena contrariar minha própria natureza nem perseguir um padrão que não era o meu, mas aquele episódio serviu apenas pra eu decidir que ia sossegar na categoria meio leve mesmo e pra plantar em mim alguma "preocupaçãozinha" com o peso. Quem diria que esse assunto iria tomar grande parte da minha vida e que hoje eu estaria aqui escrevendo este livro?

Afora o judô, minha luta de verdade com a balança começou aos 18 anos e não veio só: com a chegada da maioridade, o retorno ao Rio de Janeiro, o abandono do quimono, o início da faculdade e a descoberta da sexualidade, o drama de ter que ser magra começou a me afligir, como acontece com milhares de mulheres pelo mundo. É claro que homens também passam por isso, mas digo mulheres porque ainda somos nós as maiores escravas da indústria da beleza e da ditadura da magreza. Vivemos numa sociedade ainda tão machista que homens babões se masturbam visualmente e julgam os corpos femininos que desfilam nas areias da praia, enquanto abrem suas latinhas sobre suas imensas barrigas de chope, a que hipócrita e orgulhosamente chamam de "calo sexual". Afe!

Mas voltemos à minha questão. Sou o típico caso de "o que não fazer na guerra contra a balança". O exemplo vivo do efeito sanfona provocado por todas as porcarias que alguém pode ingerir pra emagrecer achando que está sendo muito esperta. Ah, a inocente arrogância da juventude! Começou de mansinho. Ganhei cinco quilinhos. Ai, meu Deus! E agora? Sibutramina. Sibutramina é ótimo, é moderno! Não vicia, não tira a fome, só dá uma forcinha aumentando a sensação de saciedade e diminuindo a vontade de comer doce. Que ótimo! É pra já! Opa... Deu uma taquicardiazinha... Mas tá valendo! Perdi 4 kg! Ueba! Parei. Engordei 8 kg. Xiiiiii... E agora? Comprou Sibutramina de farmácia? Ah, não! A manipulada é muito melhor. E ainda é mais barata! Tenta de novo. Perdi 6 kg! Oba! Parei. Engordei 12 kg. E assim fui me enfiando nesse poço sem fundo. Como uma viciada que cada vez procura uma droga mais forte, e mais forte, e mais forte. De sibutramina pra anfepramona, de anfepramona pra femproporex... Emagrecia, parava, engordava mais – atenção, hein, não vá correndo na farmácia comprar essas substâncias! Procure um médico, sempre!

Foi aos 26 anos que eu engordei pra valer. Um combo de motivos: profissionais, hormonais e emocionais. Eu vivia num estresse danado equilibrando pratinho entre a carreira de atriz, que não engrenava, e um emprego de carteira assinada na área de marketing que me enchia de responsabilidades. Não tinha tempo nem ânimo pra malhar, tinha tomado uma última leva de remédios pra emagrecer (ou seja, engorda à vista!), estava com sintomas de hipotireoidismo (mas era subclínico e não podia tratar), e o motivo mais traiçoeiro: paixonite aguda. Tinha engatado um namoro e entrei numa utopia de que podia comer massa e tomar vinho toda noite e nada me aconteceria! Acorda, meu bem! O amor só deixa ilesos à mesa farta os moradores do Leblon das novelas de Manoel Carlos. Na vida real a gente engorda mesmo. No meu caso foram 20 kg em um ano e um corpo com formas totalmente novas.

Não pense que eu aceitei de primeira e numa boa o corpinho rechonchudo. Claro que não. Eu tentei reagir. Em 2007 fiz a dieta mais maluca da minha vida. Fui a um médico dinossauro que cuidou da minha mãe quando ela era adolescente e que me mandou fazer exames estrambólicos. Depois disso, entrei num menu meio Discovery Channel. Já ouviu falar de dieta alcalina? Era bizarro. Eu não podia mais beber água normal, tinha que preparar a minha água: toda noite fervia de dois a três litros de água com berinjela (ou outros vegetais indicados) e era aquele chá o que eu tinha que tomar durante todo o dia seguinte. Segundo o médico, eu tinha que mudar o pH do meu organismo. Um dia não tinha berinjela e eu fiz a água com repolho. Certamente meus neurônios já estavam entrando em falência pela falta de alimento. Por que REPOLHO??? Como eu pude ter uma ideia tão brilhante? Quem está lendo essas linhas não tem noção do que é sentir sede e ter que matá-la com água sabor repolho. Nem Nossa Senhora da Magreza no Sacrifício salvava! Fora esse tal de chá alcalino doido, eu tinha que viver à base de clara de ovo, peito de peru, queijo branco e uns sucos de umas combinações tão esdrúxulas de ingredientes que dava até vergonha de pedir pra fazer na rua. Impraticável pra uma vida dinâmica. Sem chance.

Depois dessa insanidade eu mandei tudo praquele lugar e resolvi aprender a lidar com o "corpitcho" fofo. Engordei? Ok, aconteceu. Somos consequência das nossas escolhas e eu assumiria as que fiz. Sempre acreditei que a saúde começa pela cabeça e eu decidi não deixar a minha pirar. Encarei a questão de forma objetiva. Refiz meus exames e felizmente constatei que a novidade era só estética: glicose, colesterol, órgãos do abdômen, continuava tudo tinindo! Menos a tireoide. O hipotireoidismo subclínico tinha saído do casulo e precisou começar a ser tratado: comprimidinho de reposição hormonal todo santo dia em jejum, exames de sangue a cada seis meses pra monitorar e vida que segue!

Adoraria poder botar toda a culpa do ganho de peso na pobre da tireoide preguiçosa, seria bem mais confortável, mas, de novo, não sei mentir. A verdade é que comer é bom pra caramba e depois de certa idade o metabolismo passa a se arrastar enquanto a lei da gravidade parece ganhar uma força implacável. Há quem escolha morar na academia e viver de privação perseguindo o corpo de capa de revista: eu entendo e respeito, mas eu, euzinha... Não, obrigada. Tenho consciência de que por mais que eu me esforce nunca serei uma seca legítima, uma magrela de raiz.

Mesmo quando era magra, sempre tive coxa grossa, peito e bunda grandes... Minha ossatura de quadril é larga! Sou "boa parideira", como gostam de dizer nossas avós.

Aprendi muito com as dietas malucas, os remédios "milagrosos", e não quero mais ser escrava deles. Hoje, entre perseguir um padrão que não é o meu ou poder comer meu pastelzinho e tomar meu chopinho em paz, eu fico com a segunda opção. E se o estilo fofolete ainda tem me ajudado na profissão, melhor ainda!

Mas não faço apologia à obesidade, não. Minha apologia é à diversidade! À saúde mental que se reflete na física. Ao respeito às diferenças! Ao livre-arbítrio e ao direito de cada um de estar como se sente bem.

Costumo dizer que não existe "certo e errado", existe o que funciona e o que não funciona pra você, e a gente só descobre experimentando. O que tem funcionado pra mim é a linha "gordinha saudável em busca do equilíbrio". Aprendi na prática que dieta radical não adianta porque ninguém consegue sustentar por muito tempo, e que se pode comer de tudo, só que menos. Já cheguei a pesar 87 kg, mas hoje oscilo em torno dos 80 kg. Às vezes, três pra cima, outras, dois pra baixo. E tudo bem.

Estabeleci uma meta realista de vida saudável: se eu conseguir fazer qualquer exercício três vezes por semana, é missão cumprida! Pra quebrar a monotonia eu vou alternando as atividades: pilates, hidroginástica, musculação, pedalada na orla, muay thai... Mas a minha preferida é a dança! É um bálsamo pro corpo e pra alma! E quando eu exponho o remelexo em algum vídeo na internet não dá outra: surra de curtidas! Confesso que fico toda boba em exibir "o que é que a gordinha tem" e estimular a mulherada a tirar a sensualidade do armário (rs)!

Enquanto uns malham pra emagrecer e outros suam a camisa pra virar mini-Schwarzeneggers, eu malho pra ter saúde e pra poder comer (rs)!

Meus papéis na TV e no cinema têm requerido a manutenção do shape corpulento e minha autoestima tá bem resolvida com isso, então me exercito pra manter minhas taxas maravilhosas (de dar inveja a muito magro por aí!) e poder dar aquela sapateada na jaca sem culpa quando bate a vontade incontrolável de me atracar com alguma delícia açucarada ou gordurenta. Não sou de assaltar geladeira de madrugada e desde aquele episódio lá do judô as coisinhas saudáveis também fazem parte do meu cardápio, que procuro, dentro da rotina frenética, manter equilibrado. Mas atire a primeira pedra quem não tiver pecado! No caso, o da gula!

Caixinha de leite condensado é uma coisa que não pode ficar dando sopa na geladeira que eu mamo, mas a maior de todas as tentações pra mim é QUEIJO. Sou tão apaixonada por queijo, tão viciada, que tenho PAVOR de ter que fazer aquele exame de intolerância à lactose. Se eu descubro que tenho essa moda é Maysa na mente: "Meu mundo caiu 2, a revanche". A obsessão é tão grave que uma vez eu corri um risco seríssimo de ser barrada na alfândega brasileira: trouxe da França dezoito tipos de queijo escondidos na minha bagagem! Estava com a desculpa na ponta da língua caso alguém abrisse a mala e sentisse o cheiro: "São minhas meias sujas!". Hahaha Tem noção? Se houvesse um Queijólatras Anônimos eu seria a presidente. Fato.

Agora me dá licença, que eu vou ali fazer uma horinha de esteira porque mais tarde tem fondue. De queijo, óbvio!

"DIETA DO SHAKE! QUEM NUNCA?"

POR SIMONE GUTIERREZ

Eu sempre fui uma criança nem muito magrinha nem tão gordinha. Ganhei uns quilinhos a mais na adolescência e, por conta do balé, comecei a me preocupar com isso. O tempo todo pensava que precisava ser magra para estar no palco, ou seja, eu tinha que emagrecer pra poder dançar. Por conta dessa cobrança que eu mesma fazia comigo, embarquei em todas as dietas que possam existir: da lua, do carboidrato zero, do tipo sanguíneo, da sopa, da vizinha. Enfim, fiz todas as que se pode imaginar, mais uns 20%. Lembro de uma que eu tinha que tomar a semana toda um shake com uma receita deliciosa: seis ovos, água, leite Molico, suco de laranja e uma colher de azeite. Imagina só que "delícia" de bebida! Eu tinha que tomar isso todos os dias e só comer laranja a semana inteira. Ah, claro, como a maioria das dietas que não dão certo, eu podia, um dia na semana, comer de tudo. Imagine a loucura que ficava meu organismo e quão psicótica era eu pra aceitar fazer esse tipo de loucura... Eu ficava de segunda a sábado me alimentando só com esse shake milagroso e comendo laranjas e, no domingo, ia à forra. Não enfiava o pé na jaca, eu incorporava a jaca inteira e, se bobear, ainda comia ela também. Conclusão: não emagrecia um grama e ainda ficava desnutrida. Afinal, que ser humano fica em pé à base de laranja e shake?

VIGILANTE

Fiz também a afamada dieta do Vigilantes do Peso, aquela em que devemos pesar a comida antes de mandar ver. Eu tinha muito ódio desse método, porque, toda vez que eu pesava meu prato, a comida esfriava. No fundo, no fundo, acho que a gente também emagrece com isso porque ninguém ama comer comida fria, vamos combinar!

Quando terminei minha fase hardcore e peguei meu diploma de PhD em dietas furadas, fiz exames e descobri que tinha cistos na tireoide. Esses amiguinhos provocaram uma disfunção hormonal no meu corpo que me levou a fazer um tratamento. Depois de me consultar com um especialista, resolvi fazer uma dieta mais balanceada, para controlar o peso e ajudar meu organismo nesse tratamento. Na verdade, eu nunca fui de comer muito, então foi uma readequação de cardápio. Eu comia muita porcaria fora de hora e bastante sanduíche, porque tinha que me alimentar rápido em meio à loucura do dia a dia. Fazia tudo errado: saía do espetáculo e ia jantar tarde da noite. Aliás, meu problema mesmo eram os horários, nem tanto a quantidade ou o tipo de comida.

Pra falar a verdade, eu sei bem porque fiquei fofinha por anos. Sou filha de italiana com espanhol, então adoro uma massa e amo um sanduíche. Acho que só não ganhei mais quilos porque não sinto a menor necessidade de comer doce. O único doce que preciso comer antes de menstruar é chocolate. Seja ele como sorvete, em barra, em calda. Lembro que, quando não tinha chocolate em casa e batia o desespero, eu misturava creme de leite com achocolatado em pó e fingia que estava comendo uma mousse. Coisas de gordelícia...

Posso assegurar que minha relação com a comida nunca foi a de descontar as mágoas no prato. Mas uma coisa eu preciso confessar: sou uma criança quando o assunto é restrição. Se me falarem que eu não posso comer "x" coisa, eu vou querer comer justamente ela e vou perguntar por que eu não posso. Sou assim: não me diga que não pode, porque aí é que eu vou querer! É claro que, com essa personalidade, nenhuma dieta me deixava magra ou feliz.

OUTROS "PECADOS"

Nunca botei uma gota de álcool na boca, mas não sou ninguém nesta vida se de manhã não comer meu pãozinho com manteiga e molhá-lo no café. Hummmmmm... E, recentemente, descobri que é fácil ter esse direito, basta malhar pra isso. Incorporei a reeducação alimentar e o exercício físico em minha vida e descobri que posso, sim, ser feliz e mais enxuta.

Cheguei a pesar 98 kg, emagreci 42 kg (de gordura e ganhei 7 kg de massa magra). Hoje peso 58 kg. Nessa minha dieta atual preferi diminuir a comida pela metade e fazer muito exercício pra queimar as gordurinhas. Me livrei de ter que contar pontos ou calorias! A maneira mais coerente e equilibrada que encontrei para me libertar das dietas malucas foi esta: reeducação alimentar aliada à atividade física, e, claro, com acompanhamento médico por causa do meu distúrbio hormonal na tireoide.

A reeducação alimentar me permite até comer as coisas corretas em horários ruins – ah, importante dizer que não sou de assaltar a geladeira à noite, até porque quando eu durmo eu capoto.

Outro pecado a confessar: eu era muito fã de Coca-Cola, tomava no café da manhã quando adolescente. Pronto, falei! Não me orgulho disso. Cresci com meus pais, que eram donos de lanchonete, em Ribeirão Preto. Meu pai fazia um dos melhores lanches da cidade e eu vivia no meio disso tudo. Imagina se eu não idolatrava batata frita? Hoje faço muito exercício aeróbico – dica: se você não curte fazer atividade física intensa para perder umas gordurinhas, faça trabalhos domésticos; eu limpo minha própria casa, lavo minha própria louça e ando de metrô (não tenho carro).

Minha alimentação é regrada e como sempre uma hora antes dos treinos. Não encaro carboidrato depois das 18 horas e faço uma hora e meia de exercícios todos os dias. Para facilitar a vida, investi em equipamentos e treino em casa. Como já fui professora de dança, eu mesma cuido dos meus exercícios, já que conheço bem meus limites.

O ideal é sempre ter a ajuda de alguém especializado e manter um objetivo tangível. Tipo a cenoura na frente do burro! E "vambora"!

"GORDINHA, SIM. INFELIZ E DE ESTÔMAGO VAZIO? NEVER!"

POR CACAU PROTASIO

A gordura nunca me incomodou quando eu era pequenininha. Aliás, isso era sinônimo de bebê lindinho e saudável, né? A vida toda eu sempre fui gorducha e minha irmã magrinha. Eu não entendia a diferença, mas também não ligava. Como já contei aqui, me impunha pelo tamanho e pela força e durante um bom tempo minha turma me aceitou assim: como a maior e mais forte das meninas. A coisa começou a pegar mesmo quando eu fiquei mocinha, com uns 15 anos. Porque com a adolescência vem também a vaidade. É claro que, em busca de eliminar quilos, já fiz todo tipo de dieta maluca, mas nada deu muito certo. Confesso, também, que eu mesma sabotava a dieta. Bebia água morna com três gotinhas de limão em jejum e comia em seguida um belo brigadeiro... Aí ficava complicado algo funcionar. Pra "ajudar", a sorveteria do senhor Fernando ficava na esquina da minha casa e todo dia eu passava por lá e tomava um sorvete.

AS DIETAS

Realmente as dietas, de todos os tipos, foram o meu tormento. Existe algum ser na face da Terra que não tenha feito a tal dieta da sopa? Acho que todo mundo fez, mas a minha sopa parecia a pior de todas. Até hoje eu me lembro da receita: tomate, cebola e repolho cozidos com frango ou músculo. Eu fazia essa sopa e tinha que tomar durante uma ou duas semanas. Chegava no terceiro dia eu não queria mais ver a panela na minha frente. O meu mau humor era tamanho que as pessoas começaram a se afastar de mim. Pra falar a verdade, nem eu me aguentava.

E, por falar em aguentar, eu quase não parei em pé quando resolvi fazer a tal dieta da carne. Emagreci muito em uma semana, mas, por causa do desequilíbrio nutricional, eu vivia tremendo, fraca. Claro, o organismo sentia falta de MUITA COISA. Nessa minha carreira de adepta de dieta fiz de tudo um pouco para perder 2,5 kg!

Será que alguém poderia, por favor, inventar uma dieta para quem ama comer?

Eu nunca fui de assaltar a geladeira nem comer de madrugada, mas confesso que sou fraca para doces. Posso comer um para abrir o apetite e outro pra fechar. Eu amo doce em um grau surreal. Entre os salgados, minha perdição é coxinha. Sou tão fissurada que um dia estava assistindo ao filme *Estômago*, com a Fabíola Nascimento e o João Miguel no elenco, que tive que sair de casa pra comprar o salgado depois de uma cena na qual a personagem da Fabíola come com gosto uma coxinha preparada pelo personagem do João.

Eu começo meu dia comendo um pãozinho e tomando café. Tem dias que desencano do pão e como cereal light. Mas teve uma época dark da minha vida, quando eu fazia prato de comida no café da manhã. Era punk. Eu pensava: "meu organismo não sabe se é dia ou noite, quem sabe sou eu", então "batia um pratão", como se diz. De tarde, eu lanchava e, à noite, lá ia eu mergulhar em mais um pratinho de comida. Na minha casa não tinha água, minha bebida predileta era Coca-Cola. Então podem imaginar o cenário nada propício para eu entrar em forma... O que me segura, às vezes, é promessa. Quando faço promessa eu consigo ser perseverante. Fiz promessa de não comer doce e não tomar refrigerante. No fim, parei com a Coca-Cola porque quando tentei tomar de novo me enjoou. Mas o doce, eu não larguei.

Não amo cozinhar – gosto mais de comer, menos quiabo, que eu odeio –, mas até que faço uma comida saborosa. Ah, pausa dramática para dica de autora gordinha: se eu faço uma receita doce e acontece alguma coisa errada, jogo leite condensado, porque toda sobremesa se resolve com esse ingrediente incrível e versátil. Deu ruim no bolo e ele não cresceu? Na hora de servir, coloque leite condensado. A gelatina desandou? Leite condensado! Vai por mim, salva mesmo!

VÁ AO MÉDICO

Depois que eu fiz a novela *Avenida Brasil*, participei de um projeto chamado *Dieta e Saúde* e consegui emagrecer alguns quilos. Comia de três em três horas e por isso fiquei meio psicopata pela comida, só pensava naquilo, na dieta, no que ia comer, no cardápio, no que podia ou não, enfim, minha vida toda se resumiu à dieta. Nem preciso dizer como estava feliz. Só pensava em comida! Acho que é por isso que nunca na minha vida farei redução de estômago. Tenho a nítida impressão de que as pessoas mentem e que, na verdade, ficam infelizes e frustradas de só comer poucas porções. Eu não acredito em cirurgia para reduzir estômago porque o que tem que mudar é a cabeça.

Com o tempo, o que percebi é que precisamos nos conhecer e nos cuidar. Eu tenho ovário policístico e diabetes e comecei a me cuidar para controlar isso. Ser gordinha antigamente era sinônimo de saúde. Minha mãe, assim como outras mães da geração dela, tinha essa visão. Hoje, quando vejo uma criança obesa, eu fico apreensiva.

Eu quero muito engravidar e preciso fazer um tratamento pra que isso aconteça. Não sei se quando sair o livro eu já terei um bebê na barriga ou no meu colo, mas é meu desejo mais forte. Para conquistar esse sonho, vou precisar emagrecer. E não é só meu sonho que a gordura às vezes atrapalha; por conta do meu peso não consigo fazer muitas coisas do dia a dia, como subir muitos degraus de escada. Graças a Deus eu ainda consigo amarrar meus sapatos, mas é complicado (rs).

Quando vejo alguém mais gordo que eu passando por alguma dificuldade, penso que preciso emagrecer, não pela estética, mas pela saúde. Eu tenho gordura localizada, estou procurando vários médicos e estou me tratando, sim, porque preciso me cuidar.

Apesar dessa minha preocupação recente com a saúde, eu não surto. Mas vale um alerta: não é porque você já está gorda que vai deixar tudo desandar. Tem que se policiar, fazer exames e ficar de olho. Quero ter uma filha e quero poder brincar com ela, ter saúde pra correr junto e vê-la crescer.

MALHAÇÃO

Eu tenho cara de cachaceira e macumbeira, mas não bebo nada, não suporto bebida alcoólica. Aos 41 anos, faço exercícios porque não quero passar do tamanho que estou. Meu marido é magérrimo, supersaudável, e acaba sendo um estímulo pra mim nossa convivência. Ele ama comer de tudo, mas nas refeições prefere salada porque sabe que é mais saudável. Ele costuma falar que aprendeu a dizer não para as gulodices e me incentiva a fazer o mesmo. É difícil, mas estou aprendendo aos poucos. Meu marido me ajuda nos exercícios e somos felizes desse jeito, juntinhos.

"FIZ UMA INTERVENÇÃO CIRÚRGICA PARA MELHORAR MINHA SAÚDE, NÃO POR ESTÉTICA"

POR FABIANA KARLA

Desde que me conheço por gente, sempre fui "rechonchudinha". No meu álbum de infância, na maioria das fotos, estou com comida na boca. Minha mãe me contou que eu adorava esconder comida embaixo da cama. #vaivendo

Não é raro encontrar o seguinte registro: eu desesperada pelo pedaço de bolo durante o "Parabéns", e olha que o primeiro pedaço sempre tinha dono, ou melhor, dona: EU! Afinal, era MEU aniversário!!! Lembro de uma comemoração em que minha mãe me ajudou a cortar o bolo e antes de ela perguntar de quem era a primeira fatia eu gritei: "MINHA" e abocanhei com tudo o pedaço. Foi ali, naquele momento, que soube que havia sido apresentada a um sentimento, que pra mim deveria ser um dos pecados capitais: o EGOÍSMO, primo-irmao da AVAREZA.

Hoje me divirto com essa história. Fui até buscar essas imagens, enquanto escrevia e me deliciava com as lembranças, e bingo! Lá estava o par de bochechas sujo de chantili. Acho que sempre tive espírito de formiga, daquelas trabalhadoras, mas que sempre aparecia com comida na mão. E se engana quem acha que a formiga gosta apenas de doces. Formiga gosta de tudo! Nunca vi uma formiga seletiva. Longe de mim ser uma criança que escolhia muito. Comia de TUDO, pra a alegria da minha mãe, já que tem muita criança que é ruim de garfo. Eu valia por um faqueiro inteiro!

Sempre gostei de muita coisa, mas queria saber quem INVENTOU o PÃO!!! Ô comida difícil de se desapegar, gente! É um alimento milenar, dos tempos bíblicos, que rico come, pobre come – e quanto mais pobre é, parece que mais consome mesmo. Definitivamente, é uma comida democrática e ainda por cima abençoada: "o pão nosso de cada dia nos dai hoje...".

Eu fui uma adolescente que se entregou às fórmulas mágicas que alguns médicos irresponsáveis passavam para garotas desesperadas. Isso me preocupa muito hoje: a juventude que fica aí se drogando em nome da beleza. Tinha até uma lenda no Recife de que um desses remédios pra emagrecer tinha um tipo de veneno de rato em sua composição, mas eu lá queria saber o que tinha no comprimido? Eu queria era emagrecer! Porque quando estamos na adolescência queremos ser iguais a todo mundo, só quando chegamos à vida adulta, quando amadurecemos, é que desejamos ser diferentes.

TORTURA DIET

Eu fiz dieta do astronauta, da Lua, sem carboidrato, da sopa – hoje, só de me lembrar do cheiro de aipo eu quero morrer, porque era sopa toda hora... Afe! Participei também dos Vigilantes do Peso e quase tive depressão porque odiava ficar lá na frente do povo falando da minha relação com a comida. Parecia que estava no M.A.D.A. (Mulheres que Amam Demais Anônimas) ou no A.A. (Alcoólicos Anônimos) contando deprimida todas as histórias pra perder 1 ou 2 kg: os participantes eram chamados no salão pra dar o testemunho sobre a perda de peso (ninguém merece). PUXADO!

Com o passar dos anos veio a maturidade, três filhos e a vontade de ter mais saúde, além de beleza. Minhas gestações foram abençoadas, nunca tive enjoos. Engordei pouco na primeira e um pouco mais nas outras duas. Adorei ficar grávida porque me senti feliz e podia ter barriguinha sem ninguém pegar no meu pé ou me julgar. Era o máximo. Depois dos filhos já grandes, minha relação com a balança realmente começou a existir. O peso nunca foi um problema em minha vida, mas comecei a observar que ele prejudicava um pouco o funcionamento do meu organismo. Eu casei, as tendências de moda começaram a me chamar atenção, enfim, estava tudo bem, mas o que "pesou" mesmo foi quando começou a repercutir no meu trabalho. Eu não podia permitir porque esse é um campo sagrado pra mim!

Eu estava fazendo uma peça e durante o espetáculo tinha que subir por uns andaimes. Acho que meu público não merecia aquilo: uma pessoa no palco ofegante como um búfalo, se esforçando pra subir por aquela estrutura. Detalhe: eu tinha labirintite e um joelho quebrado cheio de fio de aço. Imagina a cena! O problema é que, quando isso acontece, o público se esquece da personagem e passa a prestar atenção na pobre da atriz que está passando por uma dificuldade. Acabou o respeito e a admiração!

Por isso, e só depois de muita pesquisa e do incentivo de alguns amigos e parentes, resolvi passar por uma intervenção cirúrgica pra melhorar meu dia a dia e perder poucos quilos de maneira saudável.

Na redução do intestino você perde poucos quilos e eu optei por essa intervenção, assim como recorri às dietas, por uma questão de SAÚDE, que fique claro. Se fosse pra perder muito peso eu teria feito a redução de estômago e não foi esse procedimento que fiz. Na verdade, posso me igualar a Angelina Jolie neste minuto porque pensei como ela: optei por uma medicina preventiva para evitar problemas futuros, já que na minha família tem gente que sofre com doenças ocasionadas pelo sobrepeso. Angelina Jolie preveniu um câncer e eu escolhi não passar por problemas decorrentes da obesidade. A cirurgia do estômago não se adéqua a mim porque gosto de conversar ao redor da mesa, e, claro, comendo. Enfim, optei por algo mais ameno e não me arrependo. Fiz por questão de saúde e enxuguei quatro manequins.

O que me consola é que eu nunca fui de me entupir de comida, sou só uma "belisquenta" confessa. De resto, tô tranquila e favorável...

CAPÍTULO 5

Etiqueta

COMO SE DEVE TRATAR A GORDINHA

"REAGINDO ÀS PROVOCAÇÕES"

POR SIMONE GUTIERREZ

Só este capítulo, na minha vida, daria um livro. Tenho inúmeras histórias pra contar e vou começar relembrando as saias justas pelas quais passei quando estava acima do peso. Não vou contar só sobre preconceito de quando estava gordinha, não. Vou abrir o coração pra dizer que magra também sofre. Costumo brincar que emagreci porque a saúde pediu, mas continuo "gordelícia" de alma. E isso eu sempre serei.

Já escrevi em outro capítulo que nem sempre eu tive coragem de responder às provocações. Mas, depois de sofrer feito saco de pancada, aprende-se a dar voz à raiva interior e a libertá-la da melhor maneira possível: respondendo à altura a perguntas e comentários idiotas que, muitas vezes, nem merecem atenção.

Uma vez eu estava no estacionamento de um supermercado, aguardando uma vaga para parar. Posicionei-me num lugar que não permitia, a quem vinha no sentido oposto, enxergar para onde eu estava dando seta para entrar. Eis que, depois de uns quinze minutos de espera, consegui uma vaga. Mas não sem brigar por ela, com um senhor que não viu que eu já aguardava havia tempos. Quando enfim eu estacionei e saí do meu veículo, ele me provocou dizendo: "Só podia ser gorda mesmo". Olhei bem pra cara dele e respondi, educadamente, mas firme: "Eu posso ser gorda, mas tenho solução, e o senhor que é feio?!". Essa simples frase, quase infantil, me fez um bem danado, me deu um alívio!

Nesta vida temos que ter uma boa dose de bom humor na veia, sempre. Uma vez entrei numa loja de roupas e comecei a vasculhar nas araras um presente para uma amiga. Fiquei provavelmente uma meia hora, como se diz lá na minha terra no interior, ao deus-dará, esperando a boa vontade de uma atendente que fingiu não ter me visto na loja. Não sei se todo mundo tem essa mania, mas pra visualizar melhor a roupa eu coloco a peça na frente do corpo e olho no espelho. E lógico que, como a roupa era pra uma amiga magra, a moça da loja já devia ter sacado que não serviria pra mim. Depois de escolher a roupa que era a cara da minha amiga, fui perguntar o valor pra atendente, que disse: "Não tem do seu tamanho". Eu respondi: "Vou levar mesmo assim, você não percebe que tudo aqui não passa de uma ilusão de ótica? Eu sou Matrix!". Ela me mirou com os olhos esbugalhados e foi correndo embrulhar pra presente. E você acha que eu vou gastar meu tempo e beleza explicando a situação toda? Que nada! Ainda tiro onda!

Além das lojas de roupas, outro lugar que rende muito constrangimento é o restaurante. Vai parecer ficção ou mentira, mas é a mais pura verdade: sou gorda, porém não como muito. Uma vez fui a um restaurante com uns amigos pra bater papo. O garçom chegou para anotar os pedidos da mesa e eu era a única gordinha da turma. Foi aí que, depois de anotar o que todos queriam, ele veio conversar comigo e ficou surpreso com meu pedido (porque era pouca comida). O garçom disse: "Só isso mesmo?". Eu respondi: "Sim, por quê?". E ele continuou: "A Coca-Cola é normal mesmo?". E eu toda paciente: "Eu já lhe disse que é light. Algum problema?". Ele ainda insistiu, com um meio sorriso no rosto: "Não, nada, só achei estranho". Eu aproveitei pra retrucar: "Bom, acho melhor você tomar um calmante pra não ter um infarto quando eu não pedir a sobremesa no fim do jantar...".

Com a mudança drástica de manequim, porque fui do 46/48 para o desejado 38, tive que ter paciência pra escutar ainda mais comentários. Eu nunca tive muito uma resposta negativa a como as pessoas me veem. Algumas dizem que me preferem gordinha, porque era mais bonita. Já teve gente que me disse que mais magra eu fiquei muito melhor.

Até emagrecer, por mais que eu estivesse apta a fazer o personagem, eu quase nunca era escolhida por estar acima do peso. E também já perdi um papel que fiz quando estava mais cheinha por, agora, estar mais enxuta. Hoje sou prova viva de que o que conta mesmo é TALENTO e não os ponteiros da balança.

As pessoas têm que entender que não existe coerência em relação aos estereótipos, por isso não devemos nos deixar abater por conta dos "nãos" que recebemos na vida, das provocações e do bullying.

"MESMO FUGINDO AO PADRÃO, SEMPRE FUI POPULAR. CONFIE EM SI MESMA"

POR FABIANA KARLA

Se você me perguntar se um dia tive relação com a balança, vou te responder: "Balança? Oi? O que é isso? Nunca vi, só ouço falar!". Sim, acredite se quiser, nunca me senti pressionada pela balança. O mesmo aconteceu com relação ao bullying. Eu cresci tão amada que as provocações dos outros e o peso dos rótulos impostos pela sociedade nunca me afetaram, nunca me machucaram, nem me arranharam (graças a Deus). Tanto que, por anos, a parte de que eu mais gostava do meu corpo era a bochecha, ou melhor, elas, as duas. Fui apegada a esse pedaço de mim por um motivo: todo mundo achava fofo apertar meu rosto e eu achava que isso era um atrativo, uma moeda de troca. A pessoa apertava minhas bochechas e eu podia sorrir e "roubar a alma" dela (rs)!

Com isso, até uma fase da minha vida, eu me achava o máximo porque tinha bochechas e olha que não era qualquer protuberância no rosto, eram respeitadas BOCHECHAAAASSSSSS. Tinha até um chiclete que chamava Splash e a onda do momento era apertar a bochecha de alguém e falar "Sssspppplaaaaasssshhhh". Todo mundo que me via fazia isso.

No começo era legal, eu curtia, mas com o tempo comecei a me irritar. E ser apertada por pessoas acabou virando um trauma. Hoje isso passou. Confesso que até gosto de uns bons apertões (rs). Claro que não de todo mundo. Peraí, aqui tem diretoria! Minha bochecha não é um convite: só pega quem eu quero! Aliás, preciso revelar: continuo seduzindo com elas até hoje (sim, as bochechas podem ser armas de sedução, anote isso).

Falando sobre o que os outros acham e os tais rótulos, é ABSURDO afirmar que o namoro ou a busca pelo par ideal, para as que estão acima do peso, é mais difícil. Tem gente por aí que ainda acha que a gordinha, por estar fora do padrão, é uma mulher "fácil"? PARA, MUNDO, QUE EU QUERO DESCER! Isso é uma questão pessoal e de personalidade de cada um, independentemente do peso. Parece até que ser gorda é participar de outra raça, gente! Temos que parar com isso. E parar também de dizer que toda gordinha tem rosto bonito, que toda gordinha é fogosa. Insistir nesses rótulos é um erro e uma injustiça. Não existe regra pra nenhum tipo de mulher. HELLOOOOO!

Eu, por exemplo, nunca soube paquerar. Não sabia nem ficar piscando o olho, pensava que ficaria com a cara torta, achava que os meninos iam pensar que a gordinha estava tendo uma convulsão (rs).

Eu não paquerava ninguém quando era adolescente, eu sempre ficava na minha. A única coisa que me incomodou nesse período foi a falta de roupas mais legais pro meu tipo de corpo. Com 17 anos, eu pesava 60 kg. Nessa época, comecei a fazer exercícios, já que sempre gostei de me mexer. Jogava basquete, vôlei, handebol. Por ser maior que as outras meninas, eu era a amiga que segurava as bolsas na balada. Daí encostava um cara e a gente batia um papo legal enquanto eu aguardava o resto da turma. É, eu agradava, sabia? Mesmo indo contra a maré e bem longe do estereótipo imposto pela mídia eu marcava meus pontinhos. No dia seguinte, o menino me ligava e me convidava pra ir à praia (já que eu morava em Recife e os garotos morriam de vontade de ver as meninas de biquíni). Esperta, eu declinava e marcava na praça de alimentação de um shopping.

Eu saía de casa pra curtir, não pra ficar com ninguém. Eu amava dançar e conversar, gostava de estar com a galera e não estava nem aí pra namorado. Taí outra máxima imposta pelos "fiscais da balança": achar que toda gordinha que se cuida e se produz é bem resolvida. Eu não acredito nisso, que toda gordinha está de bem com seu peso. Não é só porque acontece comigo – tenho autoestima em doses cavalares e, às vezes, tenho que me mancar, porque eu não sou a Gisele Bündchen –, que todo mundo que tem sobrepeso está de bem com a vida.

Hoje as gordinhas que estão em evidência encorajam e libertam muitas meninas acima do peso. Mas também conheço muitas moçoilas magras que não aceitam o corpo. É aquela história: já me perguntaram se eu posaria nua. Eu não tenho vergonha de aparecer nua pelo meu peso, mas sim pelo meu pudor de mulher e esse pudor independe de ser negra, branca, ruiva, magra, anã ou gorda.

Pausa estratégica no capítulo agora para uma revelação de FK: eu nunca fui de comer muito, na verdade meu problema era pão, aliás, sempre foi e ainda é (olha eu falando de pão pela segunda vez no livro... Ai, QUANTA PAIXÃO!). Se tiver um pedaço dele na ratoeira, eu perco a cabeça. Minha família tinha padaria, então eu cresci com o cheiro do pãozinho assando. Imagina a tortura! Pão pra mim é como comida sagrada. Eu sempre pergunto a uma pessoa "qual é a melhor parte do pão?". Se ela me responder que é o miolo, pronto, já perdeu meu respeito. Porque quem sabe comer pão de verdade, o francês quentinho, sabe que a melhor parte dele é o bico, arrancado com a mão, fervendo, todo lambuzado de manteiga... Hummmmmm... Tem coisa mais gostosa na vida do que o pão crocante sapecando na manteiga acompanhado de café com leite? Isso é conforto, é amor. Tem comida que a gente come fazendo dancinha. Gordo é assim. Quando come algo gostoso à beça faz dancinha e minha história com pão é assim. Bem musical. #prontofalei!

DOBRANDO OS (PRÉ)CONCEITOS

No colégio eu era popular, fazia esportes, escrevia bem (até ganhei um concurso de redação), ou seja, fugindo da torcida do contra eu fazia sucesso mesmo com um visual "fora do padrão".

Eu me amo muito mais hoje do que antes. Costumo dizer que sou feito vinho: o tempo é meu aliado. Cada idade oferece um atrativo, oferece um prazer. Cada idade vai trazer um deleite, uma experiência, um presente novo, e a vida vai seguir. Confie em você mesma! Não sou perfeita a ponto de nunca ter me incomodado com nada, não. Segura, sociedade, que lá vem confissão: eu me arrependo de não ter, desde garota, aprendido a ter uma alimentação mais saudável. Meu paladar era muito infantil: eu sempre comia o resto da comida dos meus filhos, até mesmo o que sobrava na mamadeira. Quer dizer que comi muita besteira e hoje sei o quanto isso faz mal. E atenção para a revelação que vai te chocar: sou uma gordinha que tem nojo de fritura. Sim!!! Está vendo como rótulos caem por terra rapidinho? (Até porque não estamos na gôndola de nenhum supermercado, não é mesmo?) Eu não como hambúrguer e qualquer docinho me engana. A dica: carregue sempre damasco na bolsa. É infalível. E tem fibras! Quer dizer, é um alimento saudável!

Ainda falando sobre comida e sem querer justificar o procedimento cirúrgico que fiz, por estar mais saudável comecei a prestar atenção no cardápio e me policiei com algumas coisas. Hoje, se eu tivesse outro filho, não apresentaria pra ele uma droga como o açúcar. Outro dia, falei firme para minha filha: "Já disse pra você que drogas nesta casa só da porta pra fora". Ela, assustada e sem entender o que eu dizia, me perguntou: "Estamos falando de quê, mãe?". Eu, então, respondi: "Nutella!". Pois é, tenho uma filhota que adora levar coisas escondidas pra casa, aquelas que não frequentam mais a minha lista de supermercado. Sem querer ser injusta, preciso revelar que eu amo Nutella, tenho fotos nas minhas redes sociais beijando esse doce, mas também tenho consciência de que é muito calórico. Se deixar, como Nutella com tudo que você imaginar, então quando minha filha inventa de comprar isso, é o dia das "drogas pesadas" lá em casa.

Hoje, sou uma gordinha saudável. Sério! A galera lá de casa fica louca comigo porque eu faço brownie de... batata-doce! Duvida? Eu tenho uma chef que cuida da minha alimentação e tomo o maior cuidado aprendendo receitas funcionais e nutritivas que ela me passa.

Está vendo como os rótulos mascaram as coisas? Antes de julgar uma gorda, releia este capítulo e pense que você pode estar equivocada, enganada, pode ter sido manipulada.

Provocações da sociedade? Rótulos? Ah, meu bem, tenho mais o que fazer, com licença!

"COMO DIZ AQUELA MÚSICA, 'TÔ NEM AÍ' PARA COMO ME TRATAM"

POR CACAU PROTASIO

Pode parecer despeito, mas a verdade é que não estou nem aí para as provocações sobre o meu peso. Sofri bastante na infância e na adolescência, mas depois meio que deletei essa coisa de me cobrar por causa do que os outros falam. Não sou, nem nunca fui, uma Barbie, então me aceitei e não sofri mais.

Engraçado pensar que, mesmo sendo a única gorda e negra deste livro, eu quase não sofri com provocações, nem quando ajudava uma vilã na novela mais popular do país. Ah, não posso me esquecer de dizer que teve uma vizinha da minha mãe que parou de falar comigo por causa das maldades que eu ajudava a Adriana Esteves (a Carminha, de *Avenida Brasil*) a aprontar. Ela virou a cara pra mim e começou a me olhar torto, por conta da Zezé... Foi engraçado. Foi a única pessoa que me rechaçou por causa da personagem, que era muito querida pelo público.

As pessoas me amam, não tem jeito. Até nas redes sociais, quando algum seguidor me critica, os próprios fãs tratam de me defender, e eu nem preciso me preocupar. Também procuro não discutir nas redes sociais para não virar notícia e porque acho desagradável. É claro que um ou outro comentário chega a me magoar, mas temos que relevar. Não vale a pena entrar em confusão. Já falaram que meu marido só está comigo porque eu sou famosa e ele não. Nem liguei.

A maioria dessas pessoas faz isso porque é infeliz ou não tem o que fazer. Esse é um dos maiores pecados do ser humano: a inveja. Mas, como disse, "tô nem aí". Vivo minha vida feliz e pronto. O que interessa? Minha família, minha saúde, meu trabalho, minha ética e minha felicidade.

Na internet, de 10 mil que te elogiam, um te joga no fundo do poço e os fãs vão lá e te botam pra cima. Quando se é atriz o que interessa é que o público te ama e aprova o que você faz. Eu já fiquei muito magoada com comentários que li nas redes sociais, mas isso não me pega mais, não. Sabe por quê? Porque é impossível agradar a todos. Se nem a Fiorella Mattheis, que trabalha comigo no *Vai que cola*, que é linda e perfeita, consegue agradar geral, por que eu agradaria? Aqui eu também fiz uma provocação, usei a Fiorella como exemplo só porque ela é maravilhosa. Então, prefiro ignorar. Não vou gastar energia com o que não devo. Deixo pra lá e sigo a minha vida.

Teve uma comemoração do Dia da Consciência Negra que eu tirei uma foto linda com meu marido na cama e coloquei na legenda "aqui não tem espaço pra preconceito, só tem amor". Essa é minha resposta pra todo mundo. É assim que eu enfrento as provocações. Com humor e elegância.

E posso dizer que isso funciona. Quando você ignora uma provocação, a pessoa que a fez se sente muito pior do que você. Alguns já mudaram o comportamento em relação a mim e até tentaram se aproximar, ser mais gentis. Algumas rejeições são exageradas, mas graças a Deus eu nunca deixei esse sentimento me tomar.

Um dia uma amiga (amiga!) que não me encontrava havia tempos me disse: "Nossa Cacau, você engordou!". O que respondi: "Graças a Deus, a vida melhorou, tô me alimentando bem". Eu sou assim, digo na lata, mas com bom humor. Não se pode levar a ferro e fogo. Claro que dá uma raivinha no fundo, mas a pessoa me vê na televisão e sabe que eu sou gorda! A questão é: precisa comentar? Não, né? Ah, detalhe: dizem que a TV te engorda uns 5 kg, então aí lascou, né, gente (rs)?!

"NOSSO CORPO CARREGA NOSSA HISTÓRIA"

POR MARIANA XAVIER

Eu não fui gorda a vida toda, assim minhas reações com relação às provocações mundo afora são diferentes. Eu tenho uma história à parte de Cacau, Fabi e Simone, porque elas conviveram com olhares preconceituosos desde cedo. Talvez nem tenham sentido tanto, porque o fato de convivermos com algo desde sempre muitas vezes acaba fazendo esse algo, por pior que seja, parecer normal. Já eu, passei a sentir esses olhares de uma hora pra outra, e é justamente aí que mora o problema. Como se não bastassem o meu próprio estranhamento com um corpo novo, as inseguranças, os medos e as culpas, um outro mal começou a me afligir: o julgamento alheio. Imagina aquele primo ou amigo que não te vê há anos de repente te encontrar com 20 kg a mais? É instintivo: antes que ele seja capaz de proferir uma frase no intuito de saber se você está bem, se se formou ou se está apaixonada, a indagação que lhe salta dos olhos e te nocauteia é um apavorado: "Meu Deus, o que aconteceu com você?". Como se eu, você, ou qualquer outra pessoa que passasse por isso tivesse não somente ganho peso, mas adquirido uma doença grave e incurável... terminal.

Certa vez li que na sociedade atual ser gordo é considerado mais grave do que ser feio, porque ser feio é tido como uma fatalidade, um golpe genético de azar, mas ser gordo... Ah, ser gordo é imperdoável! Porque ser gordo é uma escolha, né? A pessoa gorda é gorda porque quer. O gordo é um ser desprezível, doente, preguiçoso e relaxado, suado e fedorento, que vive sentado no sofá agarrado a uma panela de brigadeiro e um saco de Doritos enquanto a comunidade magra faz a roda do mundo girar. Seria "lindo" se isso fosse só uma ironia minha pra florear este texto, mas a dolorosa verdade é que boa parte do mundo ainda pensa assim. Gente arrogante, preconceituosa e covarde que se vale da voz e do anonimato que a internet lhe proporciona pra propagar seus discursos de intolerância e ódio.

Aconteceu comigo. Virei notícia no país inteiro quando respondi a uma mocinha infeliz que teve a pachorra de me ofender no meu Instagram. Nunca entendi e nunca entenderei esses seres que seguem os outros com o único objetivo de criticar. Os famosos "haters". Se não gosta por que segue, meu Deus? É tanta barbaridade dita a esmo na internet que a gente acaba tendo que fazer vista grossa pra não viver se aborrecendo. Mas nesse fatídico caso eu me vi, mais que no direito, no dever, de replicar: por toda uma classe de pessoas cotidianamente afrontadas em seus espaços virtuais.

Chega!

Eu tinha postado uma foto antiiiiga com o Popó, o lutador de boxe. Na legenda eu brinquei perguntando: "E aí? O tempo foi ou não foi legal com a gente?". Fiz isso porque tanto eu quanto ele estamos muito melhores hoje. Apesar de magra, eu era horrorosa! Tinha tanto dente, que não cabia na boca, enfim, não restava dúvida de que o presente era mais favorável. Mas eis que a traiçoeira seguidora resolveu comentar com sua opinião "delicada": "Melhor tu voltar para 2001 mesmo". E finalizou com vários emoticons de baleia. Aaaaahhhhhh! O problema não foi me chamar de gorda, porque isso eu sei que estou mesmo: tenho espelho em casa, sei o tamanho das roupas que compro. O problema foi o tom! Aquilo ficou entalado na minha garganta, não só por mim, mas por um monte de gente que recebe provocações do mesmo tipo o tempo todo. Então resolvi responder! Elegantemente. "Não quero voltar no tempo. Sabe por quê? Porque hoje eu sou mais gorda, é verdade, mas também mais amada, mais espiritualizada, mais bem-sucedida, mais realizada, mais bonita e mais feliz! A boa notícia é que o futuro também chegará pra você e com ele a esperança de que você também seja mais. Mais educada, principalmente." A essa altura as redes sociais já fervilhavam de gente se manifestando em meu apoio, mas, não satisfeita, a bichinha ainda retrucou: "Morra gorda então, cheia de problemas de saúde. Você está no caminho certo". Eu respirei fundo e encerrei a discussão com uma última resposta: "Morro quando for a hora, gorda ou magra, mas saudável de corpo e alma, feliz como sou e com a consciência tranquila de ter passado coisas boas para as pessoas! E você vai morrer também, viu? Não se engane. Talvez mordendo a língua e intoxicada com o próprio veneno. Equivocada, grosseira, narcisista, sozinha, postando festival de selfie... Deve ser ótima companhia (rs)". Pena que a "graciosa", massacrada pela opinião pública, acabou excluindo seu perfil, do contrário talvez eu até tivesse feito contato e mandado umas flores em agradecimento à visibilidade e ao prestígio que a palhacinha, sem querer, acabou me dando.

Mas só visibilidade, prestígio e bom humor, infelizmente, não resolvem. O meu caso teve final feliz, mas quantos não têm? Quantas pessoas acabam reprimindo seus jeitos, seus instintos, suas vontades, suas vozes por vergonha? Por cansaço. Por medo de apanhar moral e fisicamente de uma sociedade perturbada que insiste em medir o comportamento do outro pelo seu modelo de (in)felicidade. O mundo está doente de gordofobia, racismo, machismo, homo e xenofobia, e o remédio pra tirá-lo desse quadro terminal somos nós. Cada vez que alguém se esconde por não estar no padrão, alimenta o monstro. Cada vez que alguém se cala diante de uma injustiça, escolhe o lado do opressor.

A campanha que uniu nós quatro, autoras deste livro, e que apelidei de "Gordelícias", foi também um grito por liberdade e respeito. Uma revista havia publicado uma matéria de verão que sugeria que pessoas com sobrepeso se enterrassem na areia deixando apenas a cabeça pra fora pra conseguirem se refrescar sem que ninguém percebesse seus excessos corpóreos. Fiquei sem acreditar como alguém havia permitido a publicação de algo tão agressivo e pensei imediatamente que aquilo precisava de uma resposta, não só pela minha honra e autoestima, mas também pela honra e autoestima de todas as mulheres oprimidas pela "ditadura da estética". Ouvir de outras pessoas nas ruas que elas se sentem representadas por mim, que eu as ajudei a recuperar o amor-próprio, a alegria e a crença de que são bonitas e capazes de serem amadas e respeitadas me emociona, mas me traz também uma grande responsabilidade como artista, como comunicóloga e como formadora de opinião. Era preciso transformar aquele episódio infeliz em algo positivo que alcançasse e beneficiasse um número maior de pessoas. Mas não adiantava nadar sozinha contra a voraz corrente da discriminação. Foi aí que convoquei Cacau, Fabiana e Simone, que eu sabia serem também corajosas embaixadoras da diversidade, pra posarmos juntas em trajes de banho a fim de mostrar que o sol nasceu pra todas e que, ao contrário do que ainda dizem muitas revistas por aí, pra "ter um corpo de praia" basta ter um corpo e ir à praia. As três guerreiras prontamente se uniram a mim na causa, e o final da história vocês já sabem: nossa campanha sensibilizou um monte de gente, viralizou na rede e acabou motivando este livro.

A luta não acabou. Talvez não acabe nunca. Infelizmente acho que sempre haverá gente usando sua liberdade de expressão para ser cruel. Não espero que de uma hora pra outra o mundo vire um paraíso onde todos sejam anjos politicamente corretos, nem quero. Mas, desde criança, ouvi que o meu direito terminava onde começava o direito do outro. É dessa lição básica de humanidade que eu estou falando. Os nossos gostos pessoais, as nossas preferências, existem e existirão sempre, mas, a despeito de nossos juízos e de nossas vontades, pessoas são diferentes, têm corpos diferentes, pensam diferente, amam diferente. Qualquer um tem o direito de não achar essas diferenças bonitas, atraentes, desejáveis, mas tem o DEVER de respeitá-las.

Vai ter foto, sim! Gorda ou não eu tenho o DIREITO de existir: de biquíni na praia, de shortinho no Carnaval ou de macacão justinho na academia. Não precisa me achar gostosa. Se quiser pode achar, mas não precisa. Ninguém chega a um determinado estado, ninguém engorda, ou emagrece, ou tem uma cicatriz, ou fica careca, ou perde uma perna por nada.

Nosso corpo carrega nossa história, então... "Respeita minha história, mano"!

CAPÍTULO 6

Moda

O PODE-NÃO-PODE DO CLOSET PESO-PESADO

"ANDAR COM ESTAMPA EU VOU, PORQUE A ESTAMPA NÃO COSTUMA FALHAR"

POR FABIANA KARLA

O que se pode esperar de alguém que nasceu na terra do frevo, da ciranda, do coco e do maracatu? Onde tem um Carnaval multicor?! Como uma pernambucana nata eu não poderia deixar de me render às estampas. Elas são a extensão da minha alegria porque eu tenho certeza de que quando estou feliz fico meio estampada, fico meio Romero Brito. Aliás, me identifico demais com o trabalho desse amigo, meu conterrâneo. E pensar que teve uma época da minha vida em que cheguei a usar preto com a doce ilusão de que a falta de cor poderia emagrecer. Kkkk! Depois que descobri que isso era um mito, passei a usar preto porque gosto mesmo e pronto.

Ok, comecei falando da minha paixão por estampas, mas confesso que as miudinhas demais chegam a me irritar. Nem sempre gosto das pequeninas ou daquelas com fundo branco. Amo as estampas geométricas e florais. Acho que elas me definem porque são uma mistura de tudo um pouco, assim como eu. As de chita, então, são minhas prediletas. Parece que já nasci com chita no sangue. Esse tipo de tecido me define demais, não foi à toa que minha mãe me deu iniciais iguais às de Frida Kahlo. Somos solares! CO-LO-RI-DAS!

PRECISAMOS FALAR SOBRE SAPATOS

Sou uma consumidora que não desiste fácil! Quando quero usar uma roupa e percebo que ela está com um furo, cubro com um broche e pronto! Se não conseguir o modelito que quero, chamo a boa e velha costureira. Essa profissional é uma das melhores aliadas das mulheres (uma pena que a categoria está entrando em extinção no mercado!). Pois bem, eu amo bota, mas a questão é que as *boots* nem sempre se encaixam nas minhas fartas panturrilhas, e foi aí que eu, com minha notória teimosia fashion, fui atrás de quem sabia fazer. Cismei que teria uma bota de cano longo e consegui!

Comecei uma incansável pesquisa, como boa escorpiana insistente que sou, e achei uma especialista em calçados que se chama Valéria Costa. Pega papel e caneta e anote aí, amiga fofa que também sofre com as botas que não fecham na perna. Essa moça que hoje é minha amiga tem uma técnica que escaneia seus pés. Depois que ela a aplicou nos meus pezinhos, mandei fazer duas botas que são na medida pra mim, e esses calçados viraram meu xodó! Uma conquista.

COMBINANDO

No quesito produção, acho que tudo deve ficar harmônico. Jamais aceite um modelito que quando alguém olha de longe não sabe se você está fora e quer entrar ou se tá dentro e quer sair. Sabe aquela roupa que é uma extensão da pele da gente? PUXADO!!!

Pra mim, o que não pode faltar no meu guarda-roupa é elegância. O que não significa que tudo tenha que ser de grife. Gosto do que me agrada independentemente da marca. Ah! Nada de estar elegante e desconfortável com aquilo que veste. A pessoa deve priorizar o bem-estar e o look deve trazer isso pra ela. A elegância também vem do conforto. Esse é "the secret"!

Sou supervaidosa, daquelas que adoram um babadinho de detalhe. Tenho uma blusa de um ombro só com babado que me deixa bem feminina e que meu marido adora (ainda tem esse detalhe, a roupa pra agradar o marido). Essas peças especiais ficam em uma parte reservada do meu closet. E não estou nem aí se, pelas regras da moda, gordinha não pode usar babado, o que se deve ter é bom senso. Se me sinto bem, que mal tem?

OUSADA, SIM

É claro que estilo vai de pessoa pra pessoa, mas sou muito eclética nos meus looks. Tenho ousadia e personalidade. Gosto da moda, mas não estou a serviço dela. É a moda que deve estar a meu dispor. Gosto de me divertir com o que visto e não sou escrava de tendências. "Quem não ousa se conforma." E longe de mim ser uma pessoa conformada!

Quando falo de moda, esbanjo ousadia, porque acredito que posso usar coisas que eu nem imaginava que ficariam legais no meu shape. Adoro sair da minha zona de conforto e isso é outra característica do pernambucano. Isso é uma marca do meu sangue de Maria Bonita. Ousadia e alegria me inspiram, por isso eu supertopo uma transparência aqui, uma novidade ali. A única restrição de moda que existe para Fabiana Karla é roupa muito colada. Eu não gosto, não dá fluidez ao corpo. Não me sinto bonita nem feminina. Fico me sentindo uma lagarta no processo da borboleta. Pulemos a etapa lagarta e vamos partir logo para sair de casa, já uma linda *papillon*.

Além das estampas, no meu closet você vai achar acessórios (que amo). Vai encontrar peças nudes, cinza, pretas e brancas. Amo vermelho porque pra mim ele é uma mistura de tudo. Mas minha cor predileta é o azul. Eu só não fico legal com peças mostarda, mas quase tudo vai bem pra mim. Eu só não usaria uma saia muito curta, um sapato muito alto ou aqueles macacões jeans, que acho uma fofura, mas que, se forem curtos, me deixam com a cara de um dos três porquinhos. Aí não rola mesmo.

ATENÇÃO!

Estou esbanjando autoestima neste capítulo, mas preciso fazer um alerta: uma roupa pode derrubar uma pessoa (quase) pra sempre. Já aconteceu comigo. Na foto sai de um jeito e, no vídeo, de outro. Uma vez fui a uma festa que tinha luz negra e quando o holofote me achou eu era uma calcinha, um sutiã e dois dentes rindo no meio do dancing (rs). Não entendia por que as pessoas sorriam pra mim. Tive que sair às pressas, com meu amigo que era só caspa nos ombros. O dia seguinte na escola não foi nada fácil. Maldita luz negra e amigas FDPs que não tiveram a coragem nem a decência de me dar um toque.

Na TV já aconteceu de uma câmera me pegar de baixo pra cima e eu não fiquei feliz com o resultado. Outra dica: NINGUÉM fica bem de baixo pra cima, minha gente! E agora um truque: antes de sair de casa, bato uma foto com flash pra ver se não vai refletir meu sutiã nas fotos. Anotou? Em tempos de rede social bombando, melhor prevenir do que remediar.

Tem gordinha que tem bundão, tem gordinha que tem culote e, pra essas, a legging é uma bênção. Pra mim, calça legging fica na divisão de ginástica. Eu topo mais usar um jeans (adoro as calças *boyfriends*) e sou chegada a uma calça de linho ou uma peça mais estampada que disfarça muita coisa.

Apesar de todos os truques, dicas e cuidados, nada na minha vida é regra! E tudo pra mim pode mudar. É só experimentar que, de repente, eu mudo de opinião. De repente, você me flagra com uma calça mais coladinha... Depende do meu momento, ou melhor, do personagem do dia. É assim que funciona pra mim. Só não abro mão de ter no meu closet um vestido *cache-coeur*, que é aquele que veste parecendo um envelope, com um decote cruzado. Superindico. É lindo, chique, elegante. Uma peça curinga, com certeza.

Hoje, me visto de acordo com meu humor e, claro, com a circunstância. E meio que virei referência para as mulheres *plus size*. Percebo isso porque as meninas me mandam mensagens pelas redes sociais dizendo que adoram copiar meus looks. Isso imprime uma grande responsabilidade, mas sinto que estou preparada para ela. Adoro montar meu look para cada ocasião. Se vou escolher uma "roupa de aeroporto", penso no meu conforto, levo *pashmina* na bolsa para estar mais agasalhada, quando o friozinho do avião bater, e uma meia. Conforto e elegância de mãos dadas é o meu lema!

No meu dia a dia, sou vaidosa em pequenos detalhes que fazem grande diferença no final. O meu esmalte não pode estar descascado, minha pele tem que estar sedosa, meus dentes branquinhos, o cabelo arrumado. Isso é básico! Não dá pra sair com aquele calcanhar que arranha o piso e prende no lençol! Nem sobrancelha, buço e aquela bunda de chuchu embaixo do queixo parecendo um bagre. Às vezes, as pessoas confundem mulher vaidosa com mulher perua! Nada a ver! Você pode ser vaidosa e discreta ao mesmo tempo, tudo junto e misturado.

Acho que deu pra perceber que sou flexível quando o assunto é visual. Não sigo regras prontas, faço como quero meu cabelo e não tem essa de corte repicado pra afinar o rosto, não. Gosto de fazer penteados diferentes, para mudar! Busco referências na internet e imprimo as fotos pra mostrar pro meu cabeleireiro. Adoro brincar com tranças e coques.

Amarrando bem toda a informação que eu despejei aqui vou fazer a defesa da peça de que mais gosto: o prático e feminino vestido. Ele deixa o look leve por conta da fluidez e de quebra é elegante, prático, enfim, com ele você está sempre bem produzida. É a peça que melhor define meu estilo.

O barato da moda é proporcionar que sejamos pessoas ímpares.

"EU USO TUDO QUE FAÇA EU ME SENTIR BEM"

POR CACAU PROTASIO

Não sei se deu para perceber, mas sou meio desligada e esquecida. Sou praticamente a Cinderela, que na correria da vida deixa o sapatinho para trás. Vou explicar com riqueza de detalhes pra você entender melhor.

Eu menstruei com 14 pra 15 anos, era gorducha e tinha pé grande. Só para você visualizar melhor, nessa época eu comecei a calçar 41. Quarenta e um! E quem disse que eu achava sapato pra mim com esse número? Minha mãe se esforçava e rodava o Rio comigo atrás de algo que servisse, mas nada. Até que num desses passeios frustrantes um vendedor abençoado sentiu pena da princesa que não tinha sapatos e me deu o endereço de uma loja que só trabalhava com tamanhos grandes. Pra mim, era como ir à Disney. Tanto que de uma vez comprei logo quatro pares. Apesar de serem horríveis, eu os achei lindos porque simplesmente cabiam nos meus pés.

Aos 17 anos, outro problema: eu não achava uma roupa bonita que embalasse meu shape. Eu gostava de usar shorts e tinha pernas bonitas, mas não existiam shorts do meu tamanho naquela época. Se eu quisesse vestir um mísero shortinho, tinha que mandar fazer. E eu via a propaganda do vestido balonê da Angélica, da saia balonê, e isso maltratava minha autoestima, já que nada daquilo existia no meu manequim.

Hoje tudo ficou mais fácil. Claro que alguém como eu, na idade da loba, já não tem mais problemas com a imagem ou com o guarda-roupa. Minha peça curinga é a legging, uma peça que não pode faltar no closet de nenhuma mulher. Seja ela magra ou gorda, baixa ou alta. Porque você coloca essa calça e uma camiseta e pronto. Uma legging, uma camisa e um salto e está bem-vestida. Se está frio, é só colocar uma legging por baixo do jeans para ficar bem agasalhada. Por isso eu tenho um verdadeiro arsenal de leggings.

Com todo esse meu tamanho eu sou super-romântica. Então amo babado, renda e pérolas. Sim, sou daquelas mulheres que assumem gostar de cor-de-rosa. Estampado é outro capítulo ao qual me dedico muito. Mas pra usar uma peça estampada tenho que bater o olho e me apaixonar. E a culpa não é minha de ser tão seletiva. A culpa é das marcas de roupas *plus size* que cismam em fazer roupas pra gordinhas só com estampas grandes e feias. Com essa falta de opção no mercado, acabo optando por peças mais lisas mesmo. Até uso estampado, mas pouco e só os que me convencem mesmo. Outra peça que nunca sai do meu closet é a bota. E graças a Deus tenho achado bons exemplares, principalmente de *ankle boots*, aquela de cano mais curto. Na verdade, de cano longo só tenho uma que me serve, pois, por conta da minha panturrilha, poucas fecham! #prontofalei.

Saia era uma peça que eu não usava e achava horrorosa pra mim. Depois que fiz o filme *Gostosas, lindas & sexies* (cujas filmagens ocorreram no início de 2016), mudei minha percepção em relação à saia graças à figurinista. Hoje, eu tenho umas dez saias no guarda-roupa, uso e abuso.

Um acessório que eu descobri e que nunca falta é a cinta, que até há bem pouco tempo eu não sabia usar. Agora, uso todo dia pra dar uma segurada no shape. Recomendo! Mas saia jeans eu não consigo usar. Eu até compro, mas a coitada fica no armário e eu acabo doando pra alguém. Não sei se ainda não acertei a saia jeans com a blusa e o sapato certos. É a única peça que ainda não entra pra ficar no meu guarda-roupa. Quem sabe um dia eu supere isso. #euacreditonasaiajeans

Uma coisa que adoro é macacão. Jardineira jeans, então, tenho várias. Se eu pudesse, iria a casamento, velório, festa infantil e reunião com essa mesma peça.

Nunca fui apegada à cor preta, sou uma pessoa extremamente colorida. E ainda teve uma época em que eu amava amarelo. Imagina o efeito: fica extra-super-blaster GGG! Eu sei. Mas amo a cor.

Outra cor tabu para as mulheres acima do peso é o branco. Antigamente eu não usava branco de jeito algum. Mas tudo mudou quando conheci uma moça que era alta e elegantérrima e coloquei na minha cabeça que só aquela criatura poderia usar aquela cor no universo. Ela colocava branco e ficava deslumbrante. Eu percebi que eu poderia usar também. Depois que a moda entrou de vez na minha vida, com as dicas e os exemplos que via, aprendi que eu poderia, sim, usar roupas brancas e hoje não tenho mais "medo" dessa cor. Muita gente diz que "branco engorda", mas eu digo que "se deve usar branco porque é elegante e lindo".

Não me fio muito nos conselhos de especialistas, praticamente uso tudo. Certo dia eu vi o figurinista da apresentadora Sabrina Sato dizer que se pode usar tudo desde que a pessoa se sinta bem. Você tem que se olhar no espelho e aprovar. Eu consigo seguir bastante o que a Nicole Nativa, minha produtora de moda, me ensina e adoro. É claro que todo profissional vai dizer que isso é melhor que aquilo, vai ter um truque, mas no dia a dia é você com seu espelho. Na parte capilar do visual, eu uso e abuso da peruca. Esse meu caso de amor com esse acessório começou na pré-estreia do filme *Vai que cola*. Meu cabelo estava todo detonado. O Wilson, meu cabeleireiro, levou uma peruca black para resolver a situação rapidamente e colocou em mim. Eu não queria usar e não acreditava que estava linda até meu marido falar que eu estava maravilhosa. Deixei ele terminar o look e quando cheguei no evento todos do elenco aprovaram, foi um sonho. Pode acreditar, a peruca te deixa DIVA. Eu já devo ter umas quarenta perucas em casa. Sou viciada, vivo na internet vendo novos modelos e, se eu não controlar, gasto muito dinheiro com elas. É claro que uso de acordo com o show, o propósito. Agora estou aprendendo até a fazer penteado na peruca. Outro dia, fui ao programa da Fátima Bernardes, que comentou, "Cacau, seu cabelo está lindo". Então contei que era peruca!

A história das perucas me despertou tamanho interesse pela beleza que estou montando um blog sobre isso pra passar adiante minhas experiências. Eu me sinto bem sendo referência pros outros.

"QUEM DISSE QUE GORDINHA NÃO PODE SER FASHION?"

POR SIMONE GUTIERREZ

Se eu fosse uma personagem neste livro, faria uma boneca totalmente inspirada em mim, mudando só o nome, pra disfarçar. Enquanto boneca, eu seria Vicky, diminutivo de Victoria Montebello (pra ficar parecido com Fernanda Montenegro – kkkkk). E eu seria atriz, cantora e bailarina, como na vida real.

Resolvi começar este capítulo me imaginando na pele de outra pessoa, exercendo meu lado de atriz, porque moda tem um pouco a ver com isso, em assumir um papel. Quando a gente se produz, se transforma e pode assumir facetas diferentes. Um dia você pode ser uma mulher mais ousada, no outro, uma garota meio despojada. Tudo depende do espírito e de uma ajudinha do guarda-roupa.

Nessa brincadeira de usar a roupa para passar uma mensagem, eu nunca seria uma Barbie de passarela, porque tenho uma personalidade mais forte que qualquer tendência fashion. Eu não acho que legging é o uniforme oficial das gordinhas. Mesmo na época em que eu "pesava pesado", só usava esse tipo de calça pra malhar. Surpresa um: esta gordinha aqui sempre prezou o conforto e a personalidade na hora de escolher uma roupa.

Já usei roupas agarradas, bem decotadas, para passar a imagem de "gostosona". Pra passear e sair, sempre apostei em coisas mais elaboradas e nunca tive a preocupação de usar determinada cor ou estampa em detrimento de outra por estar acima do peso. Como disse, não sigo tendência. Sou mais eu. Sempre usei e uso um look que me vista bem e no qual eu me sinta bem. Uma dica: VESTIDO! Amo esse tipo de peça porque é prática e feminina. No meu closet você encontra de todos os tipos, que vão do colorido ao preto, e principalmente aquele que não amarrota – o meu tipo predileto, que você simplesmente coloca e sai.

Não adianta vestir a roupa de uma magrinha, achando que vai ficar linda em você que está acima do peso só porque gosta do modelo. Eu pesquisava o que caía bem em mim. Faça o mesmo.

PROIBIDOS

Nunca curti muito calças e babados sempre estiveram fora do meu cardápio de peças, porque eu sou baixinha e nunca me senti confortável com eles. Roupa pra mim tem que ser acima do joelho. Pra mim, é um truque que alonga minha silhueta.

ELEITOS

Até hoje eu gosto muito de usar roupas evasês, porque acho que esse corte me valoriza. Amo saia e salto. Essa combinação me deixa poderosa. Hoje também sou mais abusada em relação às cores. Quando eu era mais cheinha tinha uma necessidade: usar tudo meio combinado, da mesma cor, em tons diferentes. Mas mais magra me permito misturar os matizes.

Pausa dramática para a surpresa dois: roupa não emagrece, o que emagrece é fazer dieta e exercício sob orientação de profissionais.

A roupa valoriza, apenas isso. Nunca segui padrão nenhum, sou leonina, tenho personalidade forte, o que vale pra mim é meu espelho. É claro que existe bom senso. A roupa precisa valorizar o que você tem de bonito. Eu nunca segui padrões de moda ou padrões físicos. Nunca me fiei pela opinião dos outros. Meu lema é: "Gostou, gostou. Não gostou, tem quem goste". O que vale é eu gostar de mim e, claro, ser coerente.

Quando estava gorda, todo mundo me perguntava se eu não gostaria de usar biquíni, e isso não tem nada a ver. Se me sentisse bem em vestir um biquíni eu vestia, caso contrário, colocava um maiô e ia pra praia, feliz da vida. Aliás, a gente começou o projeto "Gordelícias" depois de ver uma reportagem numa revista que falava que mulher gorda tinha que ir à praia de burca ou se enterrar na areia!

É aquele tal negócio: se você não tem muita consciência do que você é, do que você tem a oferecer, pode colocar a melhor roupa do mundo que não vai se sentir bem. Eu conheço pessoas que não têm o menor pudor em mostrar seu corpo curvilíneo e acima do peso ou mesmo as celulites e sei de mulheres magérrimas que não colocam biquíni ou vivem de canga porque não estão felizes com o corpo que têm. O que manda aqui é a cabeça da pessoa. Não tem a ver com os ponteiros da balança.

Gordinha ou magrinha, se o figurino é transparente ou abusa do decote, revelando mais do que gostaria, é feio de qualquer forma, sendo a pessoa gorda ou magra. Eu, Simone, tenho bom senso e jamais vou usar algo que não acho legal. As pessoas devem ter coerência na hora de se vestir. Se ela quer mostrar algo a mais, é um problema dela. Se faz parte do estilo natural dela, ok. Não sou preconceituosa nisso. Cada escolha uma renúncia: se a pessoa quer andar pelada na rua, ela que arque com as consequências, certo?

CABELO E CIA.

Sendo atriz eu sou superflexível porque isso faz parte da profissão. Estou aberta a mudanças: se tiver que raspar eu raspo, se tiver que alongar eu alongo, enfim, não tenho muita preocupação com isso porque pra mim o cabelo cresce de novo. Mas o que eu nunca fiz foi cortar o cabelo pra "afinar" o meu rosto. Quem manda no meu rosto sou eu. E confesso: sou meio chata. Ouço a opinião dos especialistas, mas o visual tem que ficar do jeito que eu quero. E eu prefiro os curtos, sempre!

MUDANÇA DE MANEQUIM

Mesmo depois de ter emagrecido não mudei absolutamente nada no meu estilo. No dia a dia sou mais esportiva, adoro usar tênis, roupa mais confortável. Curto andar meio largada até porque estou fazendo bastante exercício. Largada não quer dizer maltratada. Continuo vaidosa. Adoro batom, maquiagem, brincos. Eu não sou fã de colar porque me incomoda um pouco, mas uso.

Ah, só mais uma coisinha: brega é escutar a opinião dos outros e mudar a sua. Você tem que se sentir bem com o que você gosta. Simples assim.

"ATÉ A MULHER-MARAVILHA TEM SEU DIA DE BOTAR O UNIFORME PRA LAVAR"

POR MARIANA XAVIER

Perdão, mas vou começar este capítulo com uma análise existencial e um pouco de complexo de gata borralheira, se considerarmos a questão da autopiedade derivada da mudança repentina de situação de vida. Essa minha relação com a moda, pelo fato de eu não ter sido gorda a vida inteira, talvez tenha sido mais traumática do que pra todas as outras moçoilas que escrevem este livro. Já imaginou você passar de um corpo padrãozinho manequim 38/40 pro tamanho 46? Não, amiga, não foi fácil. Pra contar como me adaptei a isso, antes vamos falar um pouco da minha infância, época em que eu não era *plus size*, mas sim fashionista e nem sabia.

Minha mãe diz que eu sempre tive muita personalidade, desde pequenininha. Aos 2, 3 anos, eu já cismava que queria usar a blusa "x", com a saia "y", a sandália "w" e uns óculos nada a ver, e botava o armário inteiro abaixo se fosse preciso até achar a bendita combinação! É... Eu não era fácil e desde cedo mostrava que seria uma mulher de opinião. Sorte que Dona Etiene morria de rir com essa coisa de vaidade e personalidade forte!

Como sei que era fashionista sem nem saber direito quem eu era? Tenho memórias de infância com os looks que eu mais amava e até hoje sou capaz de descrevê-los! Eu nunca vou me esquecer de uma roupa que usei num show do Dominó, em 1986 (olha eu entregando a idade de novo!). Tinha uma loja que fazia o maior sucesso com a criançada nessa época: a Popcorn. Eu amava tanto as peças de lá que parecia garota-propaganda da marca! Eu me lembro direitinho da sainha verde de veludo, combinando com a camiseta verde num tom mais claro, e do camisão sobreposto branco com detalhes em... VERDE (rs)! Completando o look, dois itens que bombavam na minha infância: uma pochetinha com furinhos em forma de coração e, nos pés, sapatos modelo *dockside*! Ambos brancos, porque meu nome sempre foi Mariana, mas poderia ser "Combinandinha da Estrela"!

Na adolescência eu tive uma fase meio over às avessas. Explico! Enquanto a maioria das meninas da minha idade, pra se sentirem mais mulheres, começava a abusar das roupas curtas e decotadas, eu me vestia como uma senhora recatada. O engraçado é que o que seria o paraíso dos pais ciumentos, pro meu, moderninho, era um problema. Vocês não imaginam o bullying que eu sofria em casa! "Não acredito que você vai sair com esse vestido até o joelho! Tá parecendo uma velha, minha filha!" Ele também vivia pegando no meu pé porque eu roía as unhas e estava sempre com as mãos horrorosas. Talvez papai tenha sido um precursor da categoria metrossexual sem nem saber (rs)! Numa coisa ele tinha razão: vaidade, naquela época, não era mesmo o meu forte.

Só acordei de novo pra passarela quando comecei a engordar. Quem diria?! Viva a contradição, né? Foi ganhar uns quilinhos (muitos, no caso), que comecei a sentir necessidade de dar mais atenção aos cabelos, à pele, às unhas...

Gorda sim, relaxada não (rs)! E o interesse pela moda veio no embalo.

Como disse, a transição do 38 pro 46 não foi nada tranquila. Eu, que cabia em quase qualquer roupa e podia comprar em quase qualquer loja, passei a sentir na pele as imensas (sem trocadilho) dificuldades de ser *plus size*. Fora o recorrente constrangimento de ser olhada com desprezo pelas vendedoras da seita "só até o 42, senhora", até pouco tempo atrás achar roupa bonita em tamanho grande era mais difícil que achar homem heterossexual interessante e solteiro ou passar em concurso público!

Nunca entendi aquelas roupas que nos faziam sentir fantasiadas de sofá. Ou cortina de box. Ou capa de botijão de gás. Que isso, gente? Parecia que a característica "GORDA" não podia chegar isolada, tinha que vir num combo: gorda, velha e cafona. Nananinanão! Vamos mudando esse pensamento retrógrado aí, por favor! Sou gorda, sim, mas também sou jovem, moderna, descolada, sexy... E por que não?

Felizmente a moda GG tem evoluído muito nos últimos anos, e junto com ela eu evoluí também. Aos poucos fui me entendendo dentro do novo shape, aprendendo o que podia disfarçar e o que valia ser ressaltado. A gente gira, gira, e volta sempre ao assunto autoconhecimento. Ele é mesmo o segredo de quase todas as coisas.

Ser bem resolvida, ao contrário do que muita gente "mimizenta" pensa e propaga não é se achar a mais perfeita das criaturas sobre a Terra e não desejar mudar absolutamente nada em si. Ser bem resolvida é reconhecer seus pontos fortes e fracos, aprender a conviver e a ser feliz com eles. Eu aprendi a conviver com os meus. Amo os meus seios e meu colo, acho minhas pernas dignas e tenho uma bunda gigante de dançarina do Tchan que nunca passa despercebida.

Os braços gordos e molengos me incomodam um pouco, mas nada grave a ponto de me impedir de exibi-los por aí. Meu problema é a barriga! A dita cuja cresceu de um jeito que eu fiquei com um risco entre a periquita e o "pânceps". Parece uma marca de cesariana de um filho que eu não pari (rs)! Mas como por ora eu não penso nem em emagrecer radicalmente e nem em entrar na faca, seguimos na operação "tapa aqui, descobre ali"!

Marca a cintura, capricha no decote, bota as pernocas de fora, usa calcinha alta, lança até mão do "efeito especial" da cinta se for necessário! Já diziam os "filósofos" da Cia. do Pagode: "Tudo que é bonito é pra se mostrar"! Então chama atenção pro que tem de melhor e tira o foco do que não curte! Isso é marketing! E isso também é ser fashion.

Pra se entender com a moda o fundamental é abrir mão da preguiça e do preconceito e experimentar! Eu sou a rainha do garimpo! Detesto me sentir rasgando dinheiro, por isso vivo em lojas *fast fashion* – tipo C&A, Riachuelo, Renner, Marisa – e AMO vasculhar arara de promoção! Minha mãe número 2 diz que eu tenho mania de pobre, porque falo o preço de tudo! E é verdade: quanto mais barato, mais eu falo! Claro! Me sinto muito esperta fazendo economia e acho um serviço social mostrar que dá pra se vestir bem sem precisar deixar um rim pra pagar uma blusinha! Já achei coisas incríveis em lojas pelas quais ninguém daria nada. Tem que fuçar meeeeeesmo! E nada de ficar escrava daquele monte de regra careta: não pode branco, não pode listra horizontal, não pode estampa, não pode barriga de fora, não pode costas nuas. Pode, sim. Se você se sentir bem, pode tudo!

Já cansei de fazer cara feia pra uma peça no cabide e AMAR no corpo, então "bora" pro provador! Claro que nossas preferências pessoais existirão sempre, mas o inesperado pode acontecer! Eu, por exemplo, sou implicante com estampas. Em geral, acabo preferindo looks mais lisos, com um batonzão ou um acessório colorido pra levantar a produção. Mas de uns tempos pra cá andei abrindo um setor "floresta" no meu armário: tem onça, tem tigre, tem planta, tem flor... (rs)

O bacana é a gente estar sempre disposta a se abrir pro novo, e isso não quer dizer que a gente precise virar as costas pras nossas paixões! A moda tem essa vantagem sobre a vida: certas paixões podem durar pra sempre! Eu tenho algumas desse tipo. Sai ano, entra ano, sai tendência, entra tendência, e elas lá, firmes no meu armário e no meu coração! Legging é uma delas. Acho tão maravilhosamente confortável e coringa, que não consigo abrir mão! Juntou com um batom colorido, uma camiseta de malha bacana e uma botinha ou um tênis, pronto! Um visual jovem e moderninho pra você "divar", do passeio diurno à boate! Vestido é outra coisa que simplesmente AMO! Acho superfeminino, sensual e prático, porque como é peça única não tem que esquentar muito a cabeça com combinação. É lançar um salto, uma "biju" bonita, uma boa *make* e #partiufelicidade!

Mas não pense que eu vivo todo dia na mais perfeita harmonia com o guarda-roupa. Não. A relação de amor e ódio com a moda é eterna e não tem a ver com idade, raça, peso ou classe social! Tem dia em que a gente bota qualquer trapo em cima do corpo e se sente linda, mas tem dia em que a gente experimenta o armário inteiro e só tem vontade de sentar e chorar. No escuro. Pra ninguém ver. Pra nem a gente se ver. Aceite. Respeite. Você não está sozinha. Até a Mulher-Maravilha tem seu dia de botar o uniforme pra lavar.

CAPÍTULO 7

Orgulho e preconceito

O PESO DO RÓTULO

"SE ESTÁ INFELIZ, MOVE ON! NÃO SE RENDA AOS RÓTULOS"

POR FABIANA KARLA

Mais do que dizer, eu tenho antes que sentir. Sou assim: uma pessoa que se preocupa com os outros. E não é apenas porque virei referência para algumas coisas, e sim, como já escrevi aqui, porque sempre amo ajudar o próximo. Está no meu sangue pernambucano esse DNA Solidário Mega Plus, então acho que devo começar este penúltimo capítulo falando com aquela menina que não se aceita e que se preocupa com o peso e a imagem. Meu amor, se você se preocupa com seu corpo hoje, eu digo que amanhã é sempre um novo dia. Em vez de ficar encanada com o que as pessoas vão achar de você, descubra primeiro seus valores internos, o que você quer da vida e quais são seus objetivos. Antes de mais nada, se você chegar à conclusão de que está infeliz, movimente-se para mudar isso! *Move on*!

A questão é: quem não ousa se conforma. O "crime" não é estar como está, é ficar parada. Porque as pessoas às vezes têm um pensamento de que se submeter a uma cirurgia é sinal de fraqueza, mas não é por aí. Se você não conseguiu perder peso pelo modo convencional, tente de outra forma, existem muitas alternativas. O importante é tomar uma atitude pensada, planejada e acompanhada por profissionais!

Quando se tem uma herança genética, é preciso agir para curar essa doença. O maior crime é ser omisso, é se sabotar. Você precisa se perguntar o que pode fazer para conviver com o seu peso, somando a essa reflexão o seu bem-estar.

O que te faz feliz? Se for comer um pedaço de torta, coma, mas saiba das consequências e aprenda a dosar isso. Eu aprendi a ter essa consciência, mas só agora aos 40 anos. Então estou economizando alguns anos da sua vida compartilhando minhas experiências aqui – se você tem menos de 40, claro. Quanto antes você aprender essa fórmula, melhor. Me tome como exemplo e, se isso for importante pra você, eu afirmo: dá pra ser feliz, sim!

Eu sou feliz como sou, se eu posso te servir de molde, mesmo extra GG, que seja. E não acho saudável se esconder atrás do complexo de "gata borralheira". Sabe aquela mulher que diz que está numa situação horrível e não faz nada pra mudar? Vive a vida toda esperando o milagre da fada madrinha? Pois é, nem ela nem a Sininho existem, tá? Se você está sofrendo, se mexe porque o ser humano foi feito pra ser feliz. Ninguém nasceu pra ser triste, e felicidade não vem em uma caixa que se compra no supermercado. Suas escolhas representam o seu presente e definem o seu futuro. Então bora lá!

Eu nunca tive fiscais de balança na minha cola, aquelas pessoas amargas que vivem te analisando pra criticar. Eu só tinha uma tia que toda vez que me encontrava me olhava com um toque de pena. Parecia que ela estava vendo um mendigo com lepra e não a sobrinha dela, feliz, com curvas. Ainda pra ajudar, o filho dela, que era duas vezes maior que eu, tinha feito a tal cirurgia de redução do estômago, então ela incorporava a médica e toda vez que me via fazia a pergunta fatídica: "Por que você não opera, minha filha?".

Ahhhhhh, pausa para revelação bombástica: ela era a mesma tia que condenava meu cabelo, lembra? Kkkkkk. Tadinha da tia Laura. Ela era uma pessoa boa, dedicada à família e morreu com câncer. Até hoje acho que isso aconteceu porque ela se preocupava muito com tudo e com todos ao seu redor. Quando a encontrava ela lançava: "Você está bem? Está mais gordinha... Por que você não faz a cirurgia que seu primo fez? Ele está tão magro e tão bem...". Minha vontade era responder: "E por que a senhora não vai pra...?". Isso porque eu a via somente duas vezes por ano quando ia a Recife. Às vezes, ela fazia essa pergunta indelicada na frente do meu ex-marido e isso me constrangia demais... Até que, um dia, não aguentei. Depois da pergunta indelicada olhei nos olhos dela e respondi: "Tia, todas as vezes que vejo a senhora acontece a mesma coisa. Eu não gosto disso nem dessa situação e estou muito feliz assim, obrigada".

Eu estava bem comigo mesma e me enchi daquela cobrança, lembro que embarguei num choro. Falei pra ela com todas as letras. Tia Laurinha ficou mal, pediu desculpas e o desfecho disso tudo foi meio mexicano porque tem hora pra falar as coisas. Tem que ter hora pro "sincericídio", todo toque é importante porque às vezes estamos meio no nosso mundinho e não vemos nem percebemos o que nos acontece, mas tudo pode ser dito com "jeitinho". Vira e mexe alguma fã ou repórter me faz a mesma pergunta: "Dá pra ser feliz vestindo manequim GG?". Amor, dá pra ser feliz vestindo qualquer manequim. Uma pessoa que veste 32 e só compra roupa na sessão infantil, por exemplo, também pode ser feliz. A gente, que não veste 38, tem duas opções: comprar roupas de marcas bacanas que estão despertando pras consumidoras dotadas de curvas e o luxuoso e garboso auxílio das costureiras de bairro.

Eu tive uma família que trabalhou muito a minha autoestima e isso fez a diferença. O olhar do meu pai sempre foi carinhoso. Ele sempre me ofereceu o melhor dele, isso massageou meu ego a ponto de eu saber agir da forma certa quando o mundo me maltratava. Minha mãe também. Sempre vaidosa, ela me fez acreditar que eu era linda e eu acreditei. Todo esse carinho de pai e mãe foi essencial na minha formação e na minha vida. Graças a essa bagagem e por Deus, tenho três filhos maravilhosos, Beatriz, Laura e Samuel.

Posso afirmar que sou feliz em todas as áreas, mas como todo ser humano, não sou eufórica todos os dias, né? Nos momentos em que me entristeço com algo ou alguém, procuro lembrar o quanto sou abençoada. Nos tempos de hoje ter filhos sem vícios é uma dádiva. São jovens e sensíveis à arte. O menino, inclusive, é atleta. A relação com eles é moderna, com a ajuda providencial da tecnologia. Eu acho lindo quando eles me consultam sobre coisas simples como comprar uma roupa. A gente tem um diálogo saudável e faz uma viagem uma vez por ano pra estar em família e curtirmos juntos. Eu digo que tenho pouco tempo com eles e faço de tudo pra estar presente, mesmo ausente, às vezes.

Minha dica final neste capítulo é que a gente sinta menos culpa, menos culpa por trabalhar demais, menos culpa pelo corpo que temos, pelo estilo de vida que escolhemos. O que devemos ter de sobra é muita consciência, segurança, determinação e honestidade.

"SER GORDA ME AJUDOU MUITO NA VIDA"
POR SIMONE GUTIERREZ

Ser rotulada de gorda atrapalha?

Teve uma época da minha vida que ser gorda me ajudou muito, fiquei conhecida pelo rótulo e isso acabou ajudando, por mais incrível que possa parecer, ainda mais nos dias atuais em que as formas mais *slim* são preferidas e as curvilíneas preteridas. A dica aqui para quem recebe o rótulo de gorda é ser esperta e perceber o seu valor, seu potencial e usar isso a seu favor. E isso vale pra gordas e magras, pequenas ou grandes. Claro que, além dessa autoconfiança e dessa autoestima turbinada, tem que se contar também com a sorte.

Mesmo já sendo conhecida e reconhecida, tomei muitos "nãos" relacionados ao rótulo que me colocaram na testa. Mas nem por isso deixei que me abalassem. Aliás, se tivesse deixado, não seria atriz. Para exemplificar, vou contar mais uma historinha. Uma vez, fui fazer um teste e a pessoa que coordenava a audição olhou bem pra mim e disse: "Ah, mas você não tem cara de nada". Na lata e sem filtro, soltei: "Nem de bosta?". Resumindo, ela não queria me colocar no espetáculo porque não tinha gostado do meu visual. Só que eu a surpreendi, porque, no fim das contas, fui uma das cinco escolhidas do diretor. E claro que não perdi a chance de tripudiar sobre ela e disse: "Pra quem não tinha cara de nada eu até que fui longe, né?". Pronto, vingança perfeita! Qual é a moral da trama? Não devemos permitir que a opinião dos outros nos influencie. A provocação e a rotulação calcada no preconceito têm que servir de combustível pra te levar mais pra frente ainda. Foi isso o que sempre fiz e é o que me mantém produtiva, feliz, plena.

Nesse momento do livro é preciso falar de algo tão polêmico quanto e que tem alimentado muito o preconceito e o ódio: a rede mundial de computadores. Eu sempre usei a internet como um "aproximador" de pessoas. Já troquei muita experiência pelos bytes e bites e conheci pessoas que sofriam como eu, com o tal do preconceito gratuito. Graças às redes sociais conheci crianças gordinhas que me assistiram em *Hairspray* e mudaram seu comportamento. Isso me animou mais ainda e me fez perceber que, além do trabalho de atriz, meu papel no palco também tinha se tornado outro, mais social. Muitas mães, ao fim do espetáculo, me agradeciam porque a filha assistiu ao musical, ficou inspirada e resolveu fazer balé, mesmo sendo gordinha. Sim, existe bailarina acima do peso e que dança tão graciosamente quanto uma colega magra.

Apesar de toda a carga negativa que temos presenciado ser descarregada nas redes sociais, posso dizer que nunca tive problemas sérios. E sempre repito meu mantra: "Gostou, gostou. Não gostou, tem quem goste".

GURU

Na internet, depois que emagreci, acabei virando uma conselheira informal pras pessoas que entraram em depressão por causa do sobrepeso. Eu me sinto bem podendo ajudar com meu depoimento, porque entendo o lado dessas pessoas, apesar de nunca ter ficado deprimida por isso. Mas em vários momentos me sentia triste e achava que não ia conseguir. Posso dizer com todas as letras: hoje, você tem que ser feliz do jeito que você é e precisa saber o que quer da vida, sem se importar com o que vão pensar.

Se você não se encaixa no rótulo, se não está feliz com seu peso, procure um médico e uma ajuda profissional e faça acontecer. Inspirada na minha própria trajetória, vou lançar um portal na internet com informações e dicas pra ajudar as pessoas que precisam de um empurrãozinho pra consolidar uma reeducação alimentar, aliada a exercícios físicos, e conseguir emagrecer. Determinação é uma arma poderosa pra combater os rótulos. Sempre tive personalidade forte, mas percebo que muita gente não tem força pra lutar contra o que a sociedade impõe e cobra diariamente.

Por que eu emagreci? Porque quis. Eu sempre gostei de mim como eu era, mas resolvi enxugar um pouco a silhueta por causa da saúde. Sempre defendi que, sendo gorda ou magra, o importante é sua saúde. A partir do momento que isso é prejudicado, deve-se tomar uma atitude. Foi o que fiz.

Quem disse que você não pode tomar uma decisão que vai mudar drasticamente sua vida? Eu me gostava como estava, mas prevaleceu o que eu senti e acreditei mesmo: preciso emagrecer. Dá pra imaginar que alguém como eu já ouviu a seguinte frase: "Você não será ninguém na vida". Pois é. Doeu, mas passou. A vida é assim: você tem que ter consciência e persistência também.

Independentemente da decisão, em primeiro lugar, é preciso ser feliz do jeito que a gente é. Nunca deixe que a opinião dos outros influencie seu modo de vida. Não adianta querer ter o corpo de modelo se você não tem herança genética pra isso. A medida número zero é investigar como você está em relação à saúde. Eu sempre odiei essas pessoas que falam "Nossa, o que aconteceu?", "Por que você engordou?" ou "Meu Deus, você emagreceu, fez a bariátrica?". Nessas horas, convoque a ironia e bola pra frente.

Dá pra ser muito feliz sem entrar num manequim 38 se você fizer tudo pela sua felicidade e seu bem-estar. Não se influencie pelo externo. Procure fazer algo por você: faça exercícios, se você se sente bem fazendo atividade física. Procure estar com as pessoas que realmente gostam de você. Não fique amiga de pessoas que vivem te "gongando", te colocando pra baixo. Avalie as pessoas com as quais se relaciona, perceba se elas não minam a sua autoestima, que, muitas vezes, já está baixa. Devemos levar a vida com muito mais otimismo, assim atraímos coisas boas.

"NÃO SE DEIXE ABALAR. FIQUE BEM CONSIGO MESMA"

POR CACAU PROTASIO

Nem sei por onde começar. Tenho muito a dizer sobre os tais rótulos que a sociedade cola em nossas testas. A princípio, tenho que dizer que realmente não ligo por não fazer parte do padrão de beleza escolhido pelo mundo, de não vestir a embalagem perfeita escolhida pela mídia e pelas empresas. Todo dia acordo e dou glória a Deus por ser realizada – e sei de muita gente que adoraria estar no meu lugar. Já tive que escutar de vizinhas e amigas da minha mãe que nunca seria protagonista de novela, que nunca faria sucesso, e que se eu conseguisse algum papel seria só de empregada. Isso nunca me abalou. E se eu fosse ouvir o que falam pra mim, não estaria onde estou, nem levantava da cama.

Sinto que tenho um papel maior pra cumprir fora das telinhas e das telonas. Quando alguma fã, também cheia de curvas como eu, se aproxima perguntando a minha receita de felicidade, eu digo que não há fórmula, mas tem um segredo: procurar estar de bem consigo mesma.

RECEITA DA FELICIDADE

A primeira coisa a fazer é se amar e acreditar em seu potencial. Tem um exercício que indico pra todas que me procuram. Você vai precisar de um espelho, de preferência de corpo inteiro, e muita, muita coragem. Encare o seu reflexo e afirme, mas com a voz tão alta que até o seu vizinho da esquina vai ouvir: "Eu posso, eu sou bonita e vou seguir em frente".

É preciso aprender a usar o que temos de melhor a nosso favor. Vou contar uma história sobre a força do nosso querer. A Carla Perez é um dos maiores exemplos da filosofia do "querer, poder e conseguir", apregoada pela Xuxa em seu programa por anos. Depois que ela começou a fazer sucesso no grupo Gera Samba, passou a cuidar do corpo, da pele, do cabelo e ficou linda. Ela acreditava que podia mais e se tornou a loira do Tchan, conhecida no mundo inteiro. Então você tem que acreditar que vai ser a Mulher-Maravilha da próxima geração para conseguir. É o poder do querer.

Esse mantra é importante porque por estarmos fora do padrão, somos cobradas em dobro. Se a Gisele Bündchen tem "bad hair day" é uma coisa, mas você e eu não temos esse direito. Então se aprume. Valorize seu corpo, invista na aparência e cuide do seu visual.

Precisamos cuidar de nós mesmas para nos amarmos plenamente; e vaidade, aqui, é uma arma poderosa. E não precisa gastar muito dinheiro se cuidando, não. Uma coisa boa da modernidade é que muitos tratamentos se tornaram mais acessíveis para quem não tem um orçamento "gordo" – não podia deixar passar esse trocadilho, né? Com a autoestima lá em cima, exalando autoconfiança, as pessoas vão te perceber, vão captar essa boa vibração e também vão se apaixonar por você. Vai por mim, felicidade atrai felicidade. Se você está bem, vai atrair gente que também está. O contrário também acontece. Cuidado!

ARME-SE

Outra coisa que não pode faltar na vida de uma gordinha é bom humor. Não devemos nos dobrar aos rótulos e não devemos nos entristecer com as provocações. É preciso levar as coisas na brincadeira. Pergunta idiota merece resposta pior ainda ou, ao contrário, uma bem inteligente, bem fundamentada. A pessoa fica tão sem graça que ou se retira ou emenda outro assunto. Já me questionaram na mídia se dava "pra ser feliz sem vestir manequim 38". Atenção pra minha resposta: "Claro que dá. Antes os modelos pra pessoas mais cheinhas pareciam com um saco de batata, mas a moda evoluiu e pode evoluir muito mais, respeitando todos os estilos e tamanhos". Viu que fina (rs)?!

Diferentemente de muitas cidades cosmopolitas do mundo, o mercado brasileiro ainda precisa entender que todo mundo tem o direito de comprar e de ser feliz. Temos opções de vários bazares *plus size* por aqui, mas ainda estamos engatinhando nesse quesito. As semanas de moda precisam olhar para nós, gordinhas, como consumidoras também. Tem que ter pra todo mundo. Hoje até já existe um evento batizado de Fashion Week Plus Size. Mas eu quero ver quando chegar o dia em que as grifes *plus size* vão desfilar na programação oficial das Fashion Week, não fazer parte só dos eventos paralelos. Está na hora de quebrar os paradigmas. Não dizem que a moda é democrática?

Então! Querem rótulos? Ok. Mas então rotula e respeita todo mundo, certo?

Outra coisa importante é ter fé em uma religião. Ajuda bastante nos momentos de bullying e provocação.

OS OUTROS

Um bom companheiro também é fundamental pra enfrentar os rótulos! Estou com o meu marido há quatro anos, e ele é uma pessoa maravilhosa que amo muito. É óbvio que tem dias que meu desejo é enforcá-lo, mas passa. Esse tipo de descompasso é normal em relacionamentos. Nem tudo é maravilhoso. Mas tudo tem que ser respeitoso e verdadeiro.

Tem gordinha que tem um bom namorado ou marido, gato, atencioso, amoroso, mas não é feliz com outras coisas e joga a culpa na gordura. Nada disso. Temos que aceitar o peso e viver bem com isso. Se você não está bem, ou se aceita ou emagrece. Eu sei que obesidade é uma doença porque eu, Anna Cláudia, sofro muito para emagrecer, mas, quando estou determinada, consigo. E quando não se consegue sozinha, busca-se ajuda.

Eu fui garota-propaganda do programa de emagrecimento do portal *Dieta e Saúde* e emagreci 9 kg. Vi que é possível emagrecer com saúde e ajuda. Eu só não continuei porque eu não tenho vergonha na cara e amo comer – momento confessional.

Eu sei que às vezes você vive numa casa, numa família na qual só você está de dieta. Sei como é difícil. Vendo as outras pessoas se fartarem de menus saborosos e cheios de "pecados" gastronômicos ficamos tentadas a jogar tudo pro alto. Graças a Deus, na minha casa, meu marido me apoia e me acompanha. Quem está ao seu redor também precisa colaborar, também precisa ajudar e se comprometer a não atrapalhar sua dieta.

Não podemos dar confiança pra tudo o que o outro fala. Se a pessoa for muito amiga ou um parente próximo, tudo bem. Preste atenção na dica e, se valer a pena, ouça. Do contrário, deixe entrar por um ouvido e sair pelo outro. Se você se preocupar com tudo o que te dizem, vai morrer infeliz, porque todo mundo tem uma opinião ou conselho pra dar sobre algo que você não pediu. É preciso saber selecionar e um ouvido seletivo nessas horas é o melhor opcional de fábrica. A vida nos faz aprender, conforme vamos amadurecendo, e com o tempo conseguimos filtrar o que vale a pena e o que não vale e, assim, vamos driblando as "roubadas" e os obstáculos.

Resumindo, bom humor é imprescindível e vence qualquer coisa: preconceito, chatice e até loucura (dos outros e a nossa! Rs). Veja que situação cômica me aconteceu: estava eu toda animada num provador de loja, me contorcendo pra entrar num vestido escândalo. Ufa! Quando entrei ficou show! Lindo! Mas quem disse que depois eu conseguia tirar o modelo? Fiquei presa na roupa! Então apareceu uma alma caridosa que desabotoou a parte de trás e me ajudou a retirar a peça. A loja inteira riu comigo. A vida é assim. Temos que aprender a rir de nós mesmas.

"MUITO MAIS QUE UM NÚMERO NA BALANÇA"

POR MARIANA XAVIER

Sempre tive uma coisa estranha. Desde nova, quando acontecia algo que eu tinha desejado muito, eu tinha medo de dormir e acordar achando que tinha sido só um sonho. Foi assim com algumas conquistas pessoais e profissionais. E foi assim com alguns homens que passaram pela minha vida: uma sensação de que eles eram tanta areia pro meu caminhãozinho e de que os momentos vividos foram tão bons que não poderiam ser verdade. De onde vem esse (aparentemente) infinito complexo de inferioridade do ser humano? Por que essa mania de ver no outro um grande tesouro que julgamos não merecer? E o tesouro que nós somos? Por que não pensar que ELE é que teve a gigantesca sorte de ME conhecer? E que, se alguém deve ter medo de dormir e acordar achando que tudo não passou de um sonho, esse alguém é ELE? É curioso. Por que não nos sentimos merecedoras de coisas 100% maravilhosas? Não tem a ver com ser magra, ou com ser baixa, ou com ser loira, ou pobre, ou verde... Quando estamos com a sensação de que vamos transbordar de tanta felicidade, em geral, somos também acometidos por um pavor, uma quase certeza de que algo terrível vai acontecer e nos tirar o doce da boca. Certa vez ouvi um psicoterapeuta que adoro, o dr. Flavio Gikovate, dizer numa entrevista que "o medo da felicidade é incurável". Acho que é uma das maiores verdades que já ouvi.

Já eu, tenho medo de não ter medo. Engraçado que as pessoas costumam ver em mim uma mulher forte, de autoestima e humor inabaláveis, praticamente a Mulher--Maravilha Plus Size. Ah, tolinhas! A coragem não é a ausência do medo, é apenas o enfrentamento dele! Encarar a vida com uma atitude positiva não significa estar imune às fraquezas de qualquer ser humano. Ter humor não significa não fazer contato com as minhas dores. Minhas tristezas me ajudam a ter consciência da minha humanidade e, num mundo tão atroz, manter-se humano é fundamental.

Aprendi com meu primeiro namorado (aqueeeeele professor) que felicidade deve ser um estado permanente e soberano do espírito. "Você pode estar triste por causa de algo, decepcionado por causa de alguém, com raiva até... mas infeliz nunca", ele dizia. Aos meus 15 anos aquilo parecia um discurso tão abstrato e piegas que minha mente poderia nem ter registrado... Hoje, já tendo vivido um tanto e sabendo que tenho ainda tanto mais pra viver, com os olhos marejados e o coração enternecido gostaria de poder dizer: obrigada, Cézar!

Eu escolhi ser feliz. Eu escolho. Todos os dias, como um sacerdócio. E escolho passar adiante o ensinamento do ex-namorado professor porque nesse momento pode parecer balela, pode parecer apenas um sermão pretensioso, mas acredite: como pra mim, um dia ele fará muito sentido pra você.

Uma das perguntas que mais ouço de uns anos pra cá é: você não pensa em emagrecer? E com a indagação parece vir uma expectativa de que eu responda que sim, claro, e que já tenho uma consulta agendada com a nutricionista das estrelas, e que entrarei na onda fit sem glúten e sem lactose, e que malharei pesado com um personal famoso, e que, se nada disso der certo, já tenho o contato de um médico pra cirurgia bariátrica e de outro pra plástica pós-emagrecimento. Sinto decepcioná-los, mas não. Pelo menos não agora. Gordura não é sinal de doença, assim como magreza não é sinal de saúde. Existe vida vigorosa fora do tamanho 38! Se sua cabeça não está saudável não há manequim que te deixe realizada! Já reparou que toda magra quer perder 2 kg (rs)? Essa insatisfação é inerente ao ser humano, eterna, e eu não a julgo: todo mundo tem o direito de perseguir o que pensa ser melhor pra si. Eu inclusive.

Os tiranos filósofos de manchete internética, quando leem coisas do tipo "Não quero ficar magra!", diz Mariana Xavier após perder 10 kg, adoram me apedrejar com pérolas como "se não quer ficar magra, por que fez dieta?" ou "não era essa que dizia que era feliz gordinha? Então, está emagrecendo por quê? Mentirosa!". Pai, perdoa, eles não sabem o que dizem! Cara gente limitada, quando eu digo que sou feliz gorda, não estou assinando um atestado que me obriga a ficar assim pra sempre. A relação não é de causa, é de concessão: eu não sou feliz PORQUE estou gorda, eu sou feliz APESAR de estar gorda... E continuarei sendo! Emagrecendo muito ou pouco, engordando tudo de novo, solteira ou com um novo "homem da minha vida", famosa ou anônima... O que a patrulha das escolhas alheias disfarçada de blitz do bem-estar parece não ter entendido ainda é que eu não me orgulho de ser gorda, eu me orgulho de ter a consciência de que meu peso não mede o meu valor. Sou muito mais que um número na balança! E você também, querida leitora!

A vida tem possibilidades demais pra gente se deixar resumir por dois ou três dígitos... A gente tem vida de menos pra desperdiçar tentando corresponder às expectativas dos outros. Então, como dizem por aí, "coloque o mundo no mudo e escute o seu coração". Com cuidado. Com atenção. Se perceber que está infeliz, mude! Corte o cabelo, procure um médico, tranque a faculdade... Troque de emprego, de cidade, de marido... Bote silicone na bunda, comece a namorar mulheres, aprenda a dirigir... Faça dieta, viaje pra Ásia, experimente outra religião... Mas, pelo amor de Deus e de si, MUDE! Quantas vezes você aguentar. Quantas vezes a sua alma julgar necessário. Todo mundo tem esse direito, esse dever, esse poder!

Foi graças a esse direito que, mesmo sendo taxada de louca, larguei a Escola de Comunicação da Universidade Federal do Rio de Janeiro (UFRJ) no penúltimo período pra batalhar pela carreira de atriz. Foi graças a esse dever que consegui sair de um relacionamento emocionalmente abusivo que poderia ter me feito virar estatística. E é por esse poder que estou decidindo compartilhar aqui minhas histórias pra que você tenha a certeza de que não está sozinha nos desafios. São escolhas, e não oportunidades, que definem o nosso destino.

Não sei mentir, lembra, amiga leitora? Então advirto que mudar pode doer. Em umas situações mais, em outras menos, mas toda dor traz também muito aprendizado. Tomar as rédeas da nossa história é fundamental pra que possamos conduzi-la a um destino aprazível. Conhecer e aceitar as próprias características é fundamental pra que a gente não se abata nem sofra além da conta. É, Caetano, "cada um sabe a dor e a delícia de ser o que é"! Ou deveria procurar saber. Eu tenho aprendido a rir de mim mesma, a transformar roubadas em piadas e a acreditar que posso e devo me reinventar sempre. A despeito de quanto marque o ponteiro da balança, que a vida seja leve!

CAPÍTULO 8

Receita final

DICAS PARA SER FELIZ

"O HUMOR É A MUNIÇÃO QUE ME FAZ DAR TIROS CERTEIROS NA VIDA, MAS SÓ QUEM PODE FAZER PIADA SOBRE MIM SOU EU"

POR FABIANA KARLA

Quando me perguntam se eu me considero uma atriz comediante ou uma comediante atriz, logo retruco dizendo que eu não gosto de rótulos. Mas, se for pra responder de primeira, sou uma atriz e faço aquilo que me é proposto. Adorei passar pelo drama, fazer coisas mais críveis. Eu venho do humor, mas não gosto de rotular, acho que o interessante é saber que eu sou uma atriz e que eu me sinto o barro, e a arte é o oleiro que vai me moldando.

Agora, tenho uma filosofia de vida que me rege: o humor é a munição que me faz dar tiros certeiros na vida, que faz eu me sentir livre e confiante, mas só quem pode fazer piada sobre mim sou eu. Então precisamos ter cuidado pra que o humor não vire uma porta pro bullying. É uma linha tênue, por isso não me arrisco a brincar de *slackline* nela.

Em meu universo existe uma grande diferença entre estar e permanecer triste.

Sou e sempre fui de bem com a vida porque não posso me queixar de sofrer preconceito.

Afinal de contas, eu sempre uso o humor a meu favor. No Carnaval de 2009, fui convidada para desfilar numa famosa escola de samba. Na avenida, eu ia ser destaque de um carro chamado "O Mar de Janaína". O convite era para eu ser uma pérola (ou pelo menos entendi isso) e já me sentia a rainha da Sapucaí. Como boa sonhadora, já me imaginei toda sereia, deitada em uma concha, pagando um peitinho talvez, linda e cheia de brilho. Aceitei o convite na hora. Inclusive um amigo ator, o Ataíde Arcoverde, também foi chamado e comemoramos juntos. O tempo foi passando e só chegou pra mim parte da fantasia. A agremiação disse que veríamos o restante poucos minutos antes de entrar na avenida. Colocaram um smoking no Ataíde dizendo que ele seria meu mordomo. Quando chegou a roupa, eu vesti e constatamos o que tinha acontecido: eu era a BALEIA ORCA e Ataíde o DOUTOR SARDINHA. Nos olhamos e quase morremos de RIR (no meu caso o riso era de nervoso mesmo). O carro começou a andar, a Globo filmando e eu resolvi relaxar e curtir o momento. Decidi que seria a baleia mais feliz da Sapucaí! Quando terminou o desfile, cruzei com um apresentador, que estava fazendo a cobertura do evento naquela noite. Ele olhou pra mim e disparou: "VOCÊ TAVA ÓTIMA DE PINGUIM". Kkkkkk, gente olha que comédia!!!! Rir de nós mesmos é uma arte e ajuda a levar a vida mais leve.

Tá, já que é um capítulo pra falar do âmago da gente e amarrar nossa história, confesso que antes eu era meio escrava de alguns hábitos. Tinha até uma certa tortura envolvida. Usava muito macaquinho colante e precisava de três amigas pra me vestir. Deus me livre fazer isso hoje. Claro que tem umas roupinhas que, pra ajudar, acabo vestindo um body por baixo e é bom para ajudar na postura também (e isso até as magras usam, viu?!). Mas no geral, atualmente, eu sou uma pessoa do conforto. Eu uso branco, uso tudo. Claro que sei que tem roupa que proporciona uma certa ilusão de ótica e parece te deixar mais magra. Um decote bonito sempre funciona num vestido elegante, por exemplo. Pronto, olha eu falando de moda novamente. Quando a gente gosta de uma coisa, não tem jeito mesmo, né? E olha que você acaba de ganhar mais dicas, amiga leitora, e é isso que vale.

"GORDINHA OU MAGRINHA, O IMPORTANTE É SE AMAR, SE RESPEITAR E CUIDAR DA SAÚDE. A FELICIDADE NÃO SEGUE PADRÕES"

POR SIMONE GUTIERREZ

Ufa! Nem acredito que chegamos aqui. Posso dizer que sou uma pessoa simples e com manias. Sempre acordo e piso com o pé direito no chão. Aliás, se me esqueço desse ritual e acordo literalmente com o pé esquerdo, volto e piso com o pé certo no chão geladinho. Sou assim, meio otimista às oito da matina. Religiosamente, preciso de uma xícara de café e de uma fatia de pão com manteiga. Isso é sagrado e, se não faço isso, parece que meu dia não começou e eu fico de mau humor. E mau humor não ajuda em nada.

Também sou uma pessoa espiritualizada, que acredita que existem forças e energias positivas no universo que podem nos fazer muito bem. E se existem forças do bem, também temos as chamadas energias ruins. Então sempre procuro acender uma vela pro meu anjo da guarda, proferir afirmações positivas, orar e pedir proteção pra Deus. Antes de dormir ou enquanto estou no caminho do trabalho ou da escola onde estudo música, mentalizo pedidos de proteção. É sempre bom mentalizar o bem. Já ouviu dizer que o bem atrai o bem? Pois é verdade!

Estudo teclado, balé, jazz, sapateado e canto, e acredito que nunca vou aprender o suficiente. E essa certeza de que estou sempre precisando aprender é meu combustível pra melhorar. Sou assim, sem limites.

É bom esclarecer que sou artista e não CELEBRIDADE. Meu único vício é o palco! Fico sem rumo quando não tenho trabalho.

Além do bem-estar espiritual, também me preocupo com a minha saúde, sempre. Criei um hábito saudável de, quando saio de casa, levar uma lancheira com todos os lanchinhos do dia pra não comer porcaria na rua. Nunca coloquei uma gota de álcool na boca. Não fumo. E adoro ouvir música tomando banho! – mas isso eu acho que não tem muito a ver com saúde... Ou até tem! Com a saúde mental! Sobre vida pessoal, parceiros, cúmplices pra vida, preciso confessar que não tenho vontade de me casar, sou solteira, mas nunca estou sozinha. Não sou muito baladeira e amo ficar em casa.

Sou da paz e costumo facilitar a convivência com todos, apesar do meu gênio forte. Sou capaz de tirar da minha boca pra dar pra alguém. Mas, se pisam na bola comigo, é uma vez só, não tem a segunda. Nisso sou muito leonina.

O amor da família é muito importante pra seguirmos nessa vida. Eu amo muito a minha, que está sempre ao meu lado.

Tenho espírito cigano, livre, isso ajuda a ter leveza para encarar a vida. Se pudesse, viveria viajando e conheceria o mundo. Meu sonho é morar num *motor home* pra ir pra onde me der na telha. Procuro viver a vida intensamente e, do mesmo jeito que dou muita risada, sou muito chorona.

Esses são os ingredientes que fazem parte da minha receita pra ser feliz!

"SOU FELIZ DO JEITO QUE SOU!"

POR CACAU PROTASIO

Tenho 41 anos, sou casada, não tenho filhos, ainda, mas é uma coisa que eu e meu marido queremos muito. Acabei de voltar da minha segunda lua de mel que foi em Buenos Aires e posso dizer que foi MARAVILHOSA (praticamos bastante e logo pode ter um baby a caminho...). Amei me casar e, se eu soubesse antes que era tão bom, eu me casaria todo ano com o mesmo marido (rs). Eu amo tanto isso que tenho até um brechó de noiva pra patrocinar todo tipo de casamento. Meu marido é fotógrafo e fotografa várias festas de casamento. Gosto tanto da festa, da celebração, que costumo acordar de madrugada pra conferir o material quando ele volta de algum desses eventos. Fico louca para ver as cenas da festa.

Sou uma pessoa extremamente tímida – por incrível que possa parecer, é verdade! – e isso me incomoda demais. É até uma contradição, uma atriz como eu, espaçosa (rs), que parece ser tão atirada... Hoje meu grau de timidez está menor. Numa escala de zero a dez, posso dizer que estou na marca do seis e isso graças ao meu marido, que me ensinou a lidar melhor com o meu recolhimento.

Apesar da timidez, com quem conheço sou brincalhona e tento tratar todos com carinho e amor. E o que mais odeio é MENTIRA.

Nasci no Grajaú e depois me mudei pra Tijuca, onde vivi grande parte da minha vida. Há quatro anos moro na Barra da Tijuca. Sou uma pessoa extremamente preguiçosa. Sou tão bicho-preguiça que só de abrir o olho, ao acordar, e tirar o pé pra fora da cama, pronto, movi montanhas (rs).

Extremamente caseira, amo uma reuniãozinha em casa, daquelas *petit comité*, só pros íntimos, pra fofocar. Mas nada de fofoca maldosa, é pra falar da vida, da moda, das tendências. Relembrar do passado, rir com quem se ama. Isso é mesmo MUITO BOM.

Como comecei o capítulo de apresentações falando que quero ser mãe, preciso contar que já tenho até nome pra minha baby. Ela vai se chamar Joaquina, em homenagem à minha bisavó. Mas, como amo nome composto, será mesmo Ana Joaquina. Se vier um menino ele se chamará Bento.

O que mais tenho pra falar de revelador sobre a minha pessoa? Gosto do caro e do barato quando o assunto é perfume. Se for tempos de vacas gordas, compro importado, se for de vacas magras uso o Thaty, do Boticário. Choro vendo comercial de margarina, assistindo a filmes e até no programa do Luciano Huck. Posso registrar aqui que sou chorona.com.br. #prontofalei

Quem me vê em ação no *Vai que cola* não me imagina assim. Mas é isso, sou feliz assim mesmo, como sou. Que assim seja, hoje e sempre! Amém!

"POR UMA VIDA COM MAIS COR E AMOR"

POR MARIANA XAVIER

Nasci na Cidade Maravilhosa e encho a boca pra dizer: Deus estava de muito bom humor quando criou o Rio de Janeiro! Sou uma geminiana com ascendente em Leão, ou seja, uma "aparecida" legítima, mas assumo essa carga zodiacal sem neuras porque prefiro os vaidosos assumidos aos falsos modestos. Sou atriz, e que ator não quer aplauso? Tenho amor, paixão, loucura pela minha profissão! Até poderia, saberia, mas não quero ser outra coisa. Não mais. Faço terapia e acho que isso deveria ser um direito e um dever de todos! Bolsa-terapia já! O mundo seria tão melhor...

Tenho um talento do qual muito me orgulho e que só as pessoas próximas conhecem: sou especialista em cultivar amizades. Meu jardim de amigos é extenso e colorido! Tem exemplares raros, exóticos, exuberantes, delicados. É uma coleção linda e muito valiosa!

Amo viajar! Acho um investimento que vale cada minuto e cada centavo! É uma experiência que ninguém te tira, é se abrir pra um novo universo! Confesso: sou uma viciada! Tenho crises de abstinência de check-in e sofro sempre de DPV (Depressão Pós-Viagem). Ah, essa minha alma cigana!

Sou em essência uma mulher apaixonada: por coisas, por lugares, por projetos ou por pessoas. Nas dunas do Ceará, nos parques de diversões ou nas relações, minha escolha é sempre a mesma: COM EMOÇÃO! Gosto do brilho no olho, do frio na barriga e do coração esmurrando o peito por dentro. Prefiro me sentir vulnerável, mesmo correndo o risco de me esborrachar, a me sentir segura, porém vazia.

Minhas dores me ensinaram que, não importa o que aconteça, a gente sempre sobrevive e sai mais forte. A doutrina espírita me ensinou que a dor é necessária, mas que o sofrimento é opcional. Não arrasto corrente. Não mais. Hoje até nas piores situações procuro, em vez de perguntar "POR QUÊ?", perguntar "PRA QUÊ?". "O que eu tenho a aprender com isso?" Uma mudança de ponto de vista muda o mundo.

Não tenho grandes ambições materiais nem faço planos mirabolantes a longo prazo. Nunca li *O segredo*, mas acredito na força e na simplicidade do poder da atração: se você sorri pra vida, ela sorri pra você, e tudo flui.

Sou chorona, debochada, crítica, criativa, implicante, versátil, palhaça, dura, intensa e muito mais. Não passo em branco pela vida das pessoas e simplesmente AMO isso!

Fichas gordelícias

NOME COMPLETO:
FABIANA KARLA SOUSA SIMÕES BARBOSA

NOME ARTÍSTICO:
FABIANA KARLA

DATA DE NASCIMENTO:
30/10/1975

CASADA, SOLTEIRA OU TICO-TICO NO FUBÁ:
CASADA

UM FILME:
O CASAMENTO DE MURIEL (1994), DO DIRETOR P.J. HOGAN E ESTRELADO POR TONI COLLETTE

UMA MÚSICA:
A DO MOMENTO

UM PERFUME:
LAVANDAS DE VÁRIAS MARCAS

UM LIVRO:
UM LUGAR NA JANELA (MARTHA MEDEIROS) E *O RAPTO DO GALO*, QUE EU ESCREVI SOBRE MINHA TERRA NATAL (É MEU QUARTO FILHO).

UMA DIETA QUE ME FAZ FELIZ (EXISTE ISSO?):
REEDUCAÇÃO ALIMENTAR

PRATO PREDILETO:
BACALHAU

PRATO PERDIÇÃO (AQUELE QUE, SE DEIXAR, EU REPITO SEM PARAR):

PÃO COM AZEITE E SAL. OU PÃO COM MANTEIGA... OU PÃO COM QUALQUER COISA, DESDE QUE SEJA PÃO!!!

NO MEU CARDÁPIO NÃO ENTRA:

GORDURA

DO MEU CARDÁPIO NÃO SAI:

SAL E AÇÚCAR

FILOSOFIA DE VIDA:

GARANTA SEU BEM-ESTAR ACIMA DE TUDO

COR FAVORITA:

AZUL

MANEQUIM ATUAL:

48

MANEQUIM DESEJADO:

46

SEXO NA PRAIA OU NA MONTANHA:

ONDE NINGUÉM ESTEJA VENDO (KKKKKK)

CINEMA COM OU SEM PIPOCA:

COM PIPOCA GIGA!!

PIPOCA COM OU SEM MANTEIGA:

COM MANTEIGA SÓ EM CASA, PORQUE NA RUA A MÃO FICA UM NOJO

UM SONHO:

NUNCA PARAR DE SONHAR

FABIANA KARLA POR FABIANA KARLA:

UMA PESSOA QUE SONHA COM OS PÉS NO CHÃO, UMA FORMIGA DISFARÇADA DE CIGARRA

UMA FRASE QUE TE RESUME:
NÃO SOU UMA PESSOA RESUMÍVEL, NÃO... SORRY...

SIGNO:
ESCORPIÃO ASCENDENTE EM AQUÁRIO

QUE CARACTERÍSTICA DO SIGNO MAIS SE DESTACA EM VOCÊ:
CORAGEM

EU ODEIO:
QUANDO VEJO ALGUÉM SER DESRESPEITADO

EU AMO:
QUANDO ACORDO, PORQUE EU ME AMO EM TODOS OS SENTIDOS E ME AMO PRA SEMPRE

SER FELIZ É:
VIVER EM PAZ CONSIGO MESMO E TER SAÚDE PRA BUSCAR MAIS E MAIS CONQUISTAS, VER MEUS FILHOS CRESCEREM, ESTAR EM PAZ... É UM CONJUNTO DE COISAS SIMPLES QUE LEVAM A GENTE A FICAR MAIS PERTO DE DEUS

SER GORDELÍCIA É:
TER VONTADE DE SER EU (KKKKK)

NOME COMPLETO:
SIMONE APARECIDA GUTIERREZ DIAS

NOME ARTÍSTICO:
SIMONE GUTIERREZ

DATA DE NASCIMENTO:
13/08/1976

CASADA, SOLTEIRA OU TICO-TICO NO FUBÁ:
TICO-TICO NO CREME DE MILHO
(PORQUE FUBÁ SÓ NÃO FUNCIONA)

UM FILME:
INTOCÁVEIS, TRAGICOMÉDIA FRANCESA DE 2011, DIRIGIDA POR OLIVIER NAKACHE E ÉRIC TOLEDANO

UMA MÚSICA:
"THE VOICE WITHIN"
(CHRISTINA AGUILERA
E GLEN BALLARD)

UM PERFUME:
PRADA INFUSION D'IRIS

UM LIVRO:
O PODER DAS AFIRMAÇÕES POSITIVAS (LOUISE L. HAY)

UMA DIETA QUE ME FAZ FELIZ (EXISTE ISSO?):
A QUE PROMOVE
EQUILÍBRIO
SEM RESTRIÇÕES!

PRATO PREDILETO:
MASSA

PRATO PERDIÇÃO (AQUELE QUE, SE DEIXAR, EU REPITO SEM PARAR):
BIFE À MILANESA
NO MEU CARDÁPIO NÃO ENTRA:
PIMENTÃO
DO MEU CARDÁPIO NÃO SAI:
QUEIJO
FILOSOFIA DE VIDA:
SER FELIZ E ENCONTRAR O EQUILÍBRIO POR MEIO DO BEM-ESTAR
COR FAVORITA:
VERMELHO
MANEQUIM ATUAL:
38
MANEQUIM DESEJADO:
O ATUAL
SEXO NA PRAIA OU NA MONTANHA? :
SEXO BOM É BOM EM QUALQUER LUGAR
CINEMA COM OU SEM PIPOCA:
COM
PIPOCA COM OU SEM MANTEIGA:
COM
UM SONHO:
REALIZAR TODOS OS SONHOS!
SIMONE GUTIERREZ POR SIMONE GUTIERREZ:
BATALHADORA E JUSTA

FRASE QUE TE RESUME:

"EU SOU CAPAZ!"

SIGNO:

LEÃO

QUE CARACTERÍSTICA DO SIGNO MAIS SE DESTACA EM VOCÊ:

A FIDELIDADE

EU ODEIO:

QUANDO VEJO OU SOFRO INJUSTIÇA

EU AMO:

QUANDO SOU RESPEITADA

SER FELIZ É:

POSSÍVEL QUANDO QUEREMOS!

SER GORDELÍCIA É:

SE AMAR DO JEITO QUE VOCÊ É!

NOME COMPLETO:
ANNA CLÁUDIA PROTASIO MONTEIRO

NOME FANTASIA (ARTÍSTICO):
CACAU PROTASIO

DATA DE NASCIMENTO:
03/06/1975

CASADA, SOLTEIRA OU TICO-TICO NO FUBÁ:
CASADA E FELIZ

UM FILME:
UMA LINDA MULHER (1990), DIRIGIDO POR GARRY MARSHALL E ESTRELADO POR JULIA ROBERTS E RICHARD GERE

UMA MÚSICA:
"I SAY A LITTLE PRAYER FOR YOU" (BURT BACHARACH E HAL DAVID)

UM PERFUME:
CHLOÉ

UM LIVRO:
O SEGREDO
(RHONDA BYRNE)

UMA DIETA QUE ME FAZ FELIZ (EXISTE ISSO?):
A DO PROGRAMA DIETA E SAÚDE;
COMI FEITO UMA CONDENADA E CONSEGUI EMAGRECER. EU TINHA QUE COMER 40 PONTOS. EU LEMBRO QUE A NUTRICIONISTA LIGAVA PRA MIM E DIZIA:

"CACAU VOCÊ NÃO FEZ 40, FEZ 32". E EU RESPONDIA: "MAS EU ESTOU SATISFEITA". FUI MUITO FELIZ, QUERO VOLTAR A FAZER

PRATO PREDILETO:
MACARRÃO COM CARNE MOÍDA

PRATO PERDIÇÃO (AQUELE QUE, SE DEIXAR, EU REPITO SEM PARAR):
BRIGADEIRO

NO MEU CARDÁPIO NÃO ENTRA:
QUIABO

DO MEU CARDÁPIO NÃO SAI:
AZEITONA

FILOSOFIA DE VIDA:
TER HUMILDADE; SEM ELA VOCÊ NÃO VIVE, VOCÊ NÃO RESPEITA, NÃO SABE O QUE É AMAR E SER AMADA

COR FAVORITA:
ROSA-BEBÊ.

MANEQUIM ATUAL:
52

MANEQUIM DESEJADO:
48/50

SEXO NA PRAIA OU NA MONTANHA:
EM QUALQUER LUGAR

CINEMA COM OU SEM PIPOCA:
SEMPRE COM PIPOCA!

PIPOCA COM OU SEM MANTEIGA:
TANTO FAZ, TENDO A PIPOCA...

UM SONHO:
JÁ REALIZEI QUASE TODOS; CASEI, CONHECI A DISNEY; MEU PRÓXIMO SONHO É SER MÃE. SE EU MORRER AMANHÃ, MORREREI FELIZ PORQUE REALIZEI QUASE TUDO

CACAU PROTASIO POR CACAU PROTASIO:
UMA ETERNA CRIANÇA. EU NÃO DEIXO A CRIANÇA SAIR DE MIM NUNCA

FRASE QUE TE RESUME:
"DECEPÇÃO NÃO MATA, ME ENSINA A VIVER"

SIGNO:
SOU GEMINIANA ROXA

QUE CARACTERÍSTICA DO SIGNO MAIS SE DESTACA EM VOCÊ:
A MUDANÇA REPENTINA DE HUMOR E A CRIATIVIDADE

EU ODEIO:
ESQUECER ALGO NA CASA DE ALGUÉM E A PESSOA DIZER PRA VOCÊ QUE NÃO ACHOU OU NÃO VIU

EU AMO:
FICAR COM A MINHA FAMÍLIA

SER FELIZ É:
VIVER UM DIA DE CADA VEZ E SER GRATA POR TUDO O QUE DEUS NOS DÁ. ELE NUNCA CASTIGA, SÓ TE ENSINA

SER GORDELÍCIA É:
SER FELIZ CONSIGO MESMA

NOME COMPLETO:
MARIANA GONÇALVES DE ARAUJO BEZERRA

NOME ARTÍSTICO:
MARIANA XAVIER

DATA DE NASCIMENTO:
26/05/1980

SOLTEIRA, CASADA OU TICO-TICO NO FUBÁ:
SOLTEIRA, INFELIZMENTE, PORQUE NÃO NASCI PRA PISTA

UM FILME:
UM LUGAR CHAMADO NOTTING HILL (1999), DIRIGIDO POR ROGER MICHELL E ESTRELADO POR JULIA ROBERTS. SEMPRE CHORO

UMA MÚSICA:
"COMO NOSSOS PAIS" (BELCHIOR)

UM PERFUME:
EAU DE GINGEMBRE (ROGER & GALLET)

UM LIVRO:
TUDO OU NADA (ROBERTO SHINYASHIKI)

UMA DIETA QUE ME FAZ FELIZ (EXISTE ISSO?):
"UM POUCO DE QUASE TUDO"

PRATO PREDILETO:
BIFE À MILANESA COM PURÊ DE BATATA, DA MINHA MÃE

PRATO PERDIÇÃO (AQUELE QUE, SE DEIXAR, EU REPITO SEM PARAR):
QUEIJO

NO MEU CARDÁPIO NÃO ENTRA:
PEPINO

DO MEU CARDÁPIO NÃO SAI:
LEITE E DERIVADOS!

FILOSOFIA DE VIDA:
NÃO PROMETER COISAS QUE NÃO SEI SE PODEREI CUMPRIR

COR FAVORITA:
ROXO

MANEQUIM ATUAL:
46.

MANEQUIM DESEJADO:
NO MOMENTO, O MESMO 46

SEXO NA PRAIA OU NA MONTANHA:
SE O BOFE É BOM, DESÇO ROLANDO COM ELE DA MONTANHA ATÉ CAIR NO MAR!

CINEMA COM OU SEM PIPOCA:
COOOM!

COM OU SEM MANTEIGA:
COOOOOOOOOM!

UM SONHO:
MORAR COM VISTA PRA LAGOA RODRIGO DE FREITAS, NO RIO DE JANEIRO

MARIANA XAVIER POR MARIANA XAVIER:
UM SER EM CONSTANTE EVOLUÇÃO

FRASE QUE TE RESUME:
"CADA UM SABE A DOR E A DELÍCIA DE SER O QUE É"
(CAETANO VELOSO)

SIGNO:
GÊMEOS COM ASCENDENTE EM LEÃO E LUA EM LIBRA

QUE CARACTERÍSTICA DO SIGNO MAIS SE DESTACA EM VOCÊ:
A COMUNICABILIDADE

EU ODEIO:
QUANDO MENOSPREZAM A MINHA INTELIGÊNCIA

EU AMO:
QUANDO ME SURPREENDEM POSITIVAMENTE

SER FELIZ É:
TER LIBERDADE E LEVEZA
DE ESPÍRITO

SER GORDELÍCIA É:
SE AMAR E TER A
CONSCIÊNCIA DE
QUE SE É MUITO MAIS
QUE UM NÚMERO
NA BALANÇA

Agradecimentos

CACAU PROTASIO

Eu gostaria de agradecer a Deus, por sempre me proporcionar coisas maravilhosas; à minha mãe, que me incentiva sempre; ao meu marido, que me joga pro alto e me apoia em todos os momentos; e aos meus fãs e à minha família, pois sem esses incentivos eu não seria nada.

FABIANA KARLA

Agradeço a Marcus Montenegro, Renata Rode, Chico Amorim, Zulmira Amorim, Clarice Amorim, Luciana Stavale, Bruno Muniz, Cristiano Oliveira, Beatriz, Laura, Samuel, a todas as pessoas que me ajudaram com as minhas memórias pra escrever este livro e a todas as "gordelícias" que irão ler e se inspirar com este livro.

MARIANA XAVIER

Agradeço à minha família e à minha linda coleção de amigos, por ajudarem a fazer de mim a mulher que sou. A Cacau, Fabi e Simone: sem a força de vocês o tsunami "Gordelícias" não passaria de uma marolinha. À Renata Rode, pelo imenso empenho em organizar minhas ideias indisciplinadas. Ao Saison Spa, meu refúgio preferido, por me proporcionar a paz necessária pra materializar meus devaneios literários. À minha superamiga Stella Florence, grande incentivadora desta empreitada como escritora, primeira e generosa crítica dos meus textos. E a cada fã, que, com seu carinho, faz todo passo da caminhada valer a pena.

SIMONE GUTIERREZ

Gostaria de agradecer a toda a minha família: Sueli Zueli, Francisco Gutierrez, Camila Gutierrez, Gabriel e Guilherme. Ao Marcus Montenegro e a toda a sua equipe pelo carinho, apoio e confiança no meu talento; ao Edu Berton, meu amigo que sempre esteve a meu lado; à minha endocrinologista dra. Elaine Dias; e a todas as pessoas que me dão oportunidade de exercer meu ofício, que é minha vida, e também às que gostam e sempre prestigiam meu trabalho.

Este livro foi composto em Adobe Garamond Pro, Bliss Pro, Dk Pisang,
Dk Lemon Yellow Sun e Handycheera e impresso pela Intergraf
para a Editora Planeta do Brasil em fevereiro de 2017.